COSAS QUE ESCRIBÍ MIENTRAS SE ME ENFRIABA EL CAFÉ

ISAAC PACHÓN

COSAS QUE ESCRIBÍ MIENTRAS SE ME ENFRIABA EL CAFÉ

ISAAC PACHÓN

Primera edición en CreateSpace: mayo de 2016

©2015, Isaac Pachón Zamora
Ilustración de la cubierta: Alfonso Casas
Diseño de la cubierta: Pere Olivares
Diseño interior: Luis Cuevas
Edición de textos: Cristina Buquet

Impresión y encuadernación: CreateSpace de Amazon

Depósito legal: B.6612-2015
ISBN: 978-84-606-6184-9

A Salvador Zamora

Pido perdón a los jóvenes por haber dedicado este libro a un adulto. Tengo una seria excusa: esta persona adulta, con la que coincidí apenas once años, me transmitió importantes valores. Tengo otra excusa: esta persona mayor tenía la creatividad de un joven incluso habiendo tenido que crecer antes de tiempo. Tengo una tercera excusa: esta persona ya no puede leer este libro, pero forma parte de él. Tengo la necesidad de hacerlo partícipe. Si todas estas excusas no fueran suficientes, quiero dedicar este libro al anciano que esta persona adulta no pudo llegar a ser. Todas las personas jóvenes deberían llegar a ser ancianas (pero no siempre sucede). Corrijo, pues, mi dedicatoria:

A Salvador Zamora
CUANDO ERA JOVEN

(Pido perdón, también, a Antoine de Saint-Exupéry por cogerle prestada su genial dedicatoria a Léon Werth en El Principito.)

Índice

—¡Qué reloj más raro! —exclamó—. ¡Señala el día del mes, y no señala la hora que es!
—¿Y por qué habría de hacerlo? —rezongó el Sombrerero—. ¿Señala tu reloj el año en que estamos?

LEWIS CARROLL,
Alicia en el País de las Maravillas

Introducción descafeinada, fuerte o algo intermedia

Siempre, antes de ponerme a escribir, la misma rutina: prepararme un café con leche en taza, con un poco de cacao y vainilla espolvoreados, o en ocasiones, un cortado al estilo del bar o cafetería elegido para el momento, si lo que tengo pensado es tomar algunas notas fuera de mi despacho.

De hecho, es lo que acabo de hacer para escribir esta introducción a lo que leeréis en las siguientes páginas. En este caso me he preparado un café, ni fuerte ni descafeinado, algo intermedio, son las doce del mediodía y ya es el segundo que me tomo hoy.

Lo llevo haciendo así desde hace un par de años, en los que no he dejado de dar rienda suelta a mi imaginación a través del relato, género, dado el ritmo de vida al que nos hemos habituado, muy recomendable para dejarse llevar con lecturas cortas: trayectos de bus o metro, pausas de descanso en el trabajo; esos diez, quince minutos para hacer volar tu mente y adentrarte en otro mundo, ni mejor ni peor, pero casi con toda seguridad, diferente. Historias con un principio y un final, aunque esto último está por ver. Con tramas que intentan tocar esa parte tierna que se esconde en cada uno de nosotros.

A lo largo de estos meses he jugado con los argumentos y creado personajes muy diversos. Cambiar de escenarios (ya

13

sean reales u oníricos), protagonistas y género en cada relato, es algo muy gratificante para mí y espero que lo podáis notar en cada una de las líneas que componen este libro.

Durante este par de años, la motivación ha sido clave para continuar trabajando y poder llegar hasta aquí. No quisiera dejar de mencionar cuatro artistas de la tecla, amigos literarios que de una manera u otra han colaborado dándome alas, quizá sin ser conscientes de ello, y haciéndome creer en la realidad de este libro. Cristina Buquet, Javier Sanz, Alberto Pizarro y Luis Enrique Sans, gracias por esos granitos de arena que me han hecho llenar esta botella.

Dicho esto, os dejo ya con el prólogo de Paula Campos. Mi admiración por sus artículos y por su forma de ver la vida ha hecho que no tuviera dudas en saber que tenía que ser ella quién presentara este libro. Paula y yo somos como el yin y el yang; ella es rubia, yo moreno; Paula es ácida, yo dulce (o eso dicen); ella odia las aceitunas, a mí me pierden, la verdad. Nunca olvidaré, cómo y cuando se lo pedí: Una cafetería en el madrileño barrio de Lavapiés, música en directo en la sala de al lado, un café con leche y un cappuccino en la mesa, y una pregunta concreta. No pasaron más de dos segundos. La respuesta, en forma de prólogo, en las siguientes páginas...

Espero que lo que leáis, veáis, notéis o viváis a continuación sea de vuestro agrado. Y si en algún momento puntual os esboza una sonrisa, eriza vuestra piel o se os enfría el café, no tengáis miedo, forma parte del juego.

Mil gracias por estar aquí.

La media cucharada de azúcar moreno es el mejor prólogo de mi café

Se me enfrió el cappuccino mientras me pedía que escribiese el prólogo de las cosas que había escrito mientras se le enfriaban los cafés. Bueno, realmente lo último que me pidió Isaac fue un abrazo de despedida. Se fue dejándome un marrón en un A4 blanco entre las manos.

Mientras mi cappuccino se congelaba, le cambiamos el nombre al libro doce mil veces... y la portada (de Alfonso Casas, ¡maravilla!) ya estaba en marcha. Le di un sorbo a la taza y mientras notaba el café helado caí en la cuenta: tenía que escribir algo sobre un libro sin saber qué iba a pasar. Isaac tampoco lo sabía. Aún así, sólo necesité decirle «esto va a salir genial, ya lo verás» para que le brillasen los ojos. Le dije que sí sin dudarlo. La putada es que no me sé la receta del buen prólogo y no sé cuánto azúcar ponerle. Lo mío son las magdalenas.

Para empezar, supongo que un buen prólogo va de hablar del libro a través del autor. O al revés, hablar del autor a través de sus textos. No lo sé. No quiero saberlo. Tampoco quiero saber hacerlo. No lo quiero hacer así. Porque esto que tienes entre las manos no es como el resto. Tampoco Isaac es como ningún otro.

Lo curioso de este libro es esa magia que te permite entrar en cada uno de los relatos. Por eso, y aunque sea imperceptible para la vista, cada relato tiene una línea cero que dice: «Pasa, pasa». Tenlo claro. Aquí no vas a leer palabras, líneas o párrafos; vas a observar historias. Historias de esas que pasan rápido delante de ti, de esas en las que una fuerza superior te obliga a parar y a poner el oído mientras tu café pierde calor. Esos nudos de circunstancias que te hacen abandonar hasta tu propia conversación para mirar y saber cómo terminarán deshaciéndose. Esa necesidad de formar parte de una historia, aparentemente, ajena. Para mí, este libro no es de relatos. Este libro va de historias que observar.

¿Suena bien, verdad? «historias que observar». Pero no, yo quise más. No pude conformarme con observar porque me veía en cada historia. Tuve que entrar. Pasé de observar desde fuera a observarme desde dentro. Yo era esa rubia que tomaba *gin-tonic* con un poquito de limón exprimido a las ocho de la tarde, la de la gabardina gris y guantes color burdeos que siempre va a la misma cafetería de la calle más fría de Nueva York. Esa tía con el pijama medio desabrochado enjuagando las dos tazas de café antes de que hablasen más de la cuenta. La bruja de media melena con cara de princesa que no desayuna mermelada de melocotón. Esa niña despeinada escondida tras un montón de cestos que ve como Philippe se guarda una carta manoseada en el bolsillo del pantalón. También fui la camarera que limpiaba las naranjas antes de subirlas al tobogán y hacerlas descender en zumo. De repente, soy Marta y Ginette. De pronto, viajo a Marrakech, a Barcelona o a París con la misma taza de café en la mano. A veces es un expresso mocca, a veces un descafeinado y otras veces un cortado con leche templada.

¿Puede haber algo mejor que un libro abierto invitándote a entrar? Mira, ya está. Déjalo todo. Pasa de terminar este prólogo y entra. Salta por encima de todas estas hojas del principio. Hazlo rápido. Entra ya. Olvídate del café, que se te enfríe, que se congele si quiere. Ya volverás a leerme. Ya me contarás al salir. Bueno, supongo que aquí nos despedimos. Dame dos besos. Y un abrazo. Vete. Pero vuelve. O no vuelvas. Quédate. Este café ya está frío. Pídele otro al camarero, a tu perro. Pídetelo a ti. Cuidado que quema muchísimo. Cógelo entre las manos. Sumérgete en esta ola de espuma dulzona que viene. Lo mejor está por llegar. Sigue leyendo. Venga, pasa de este prólogo ya. El café se te va a enfriar otra vez. No me digas que no te lo dije. Aunque, bueno... a veces, que se te enfríe el café es lo mejor que te puede pasar porque significa que están pasando cosas. Anda, vete ya. Disfruta. Como una vez me dijo Isaac: «No pienses en despedidas antes de haberte ido». Así que nos vemos en algún relato. No me saludes o me pondré nerviosa. Haz como si nada.

Suponía al principio de todo esto que un prólogo debía hablar del libro a través del autor o del autor a través del libro, pero no. Un buen prólogo debe hablar de ti leyendo el libro. Estoy convencida.

No me sé la receta para un gran prólogo pero siempre, siempre, siempre, a mi café con leche ponle media cucharada de azúcar moreno. Siempre. Eso sí lo sé bien.

Qué movida.

PAULA CAMPOS,
publicista

Cruda irrealidad

Cuentan que en el cielo, las nubes se tumban bocabajo y observan ensimismadas las formas y movimientos de los hombres. También cuentan que en los bosques de personas, los árboles marcan, a cuchillo, espaldas y barrigas con algún que otro corazón de enamorado. O que desde el mar, los peces lanzan mensajes embotellados que naufragan en la desesperanza de la arena de las playas.

Y aún a sabiendas de que todo es mentira, hundo mi mano en la orilla hasta notar con mis uñas la cruda irrealidad de la arena mojada.

Caroline

Desde hace ya un tiempo vengo pensando que se puede saber mucho de una persona conociendo cómo y qué café está tomando. Ese momento personal e intransferible que, sin saberlo, nos puede estar evidenciando. Sin duda, el más delator, el que entre bostezos y ojeras nos proporciona más información, es el café que se puede tomar a primera hora de la mañana. Todo un acto instintivo. Pensad que la mayor parte de los días aún no hemos despertado del todo cuando estamos pidiendo esa esperada inyección de cafeína. Siempre suelo decir que hay dos tipos de personas, las que podrían vivir sin café y las que no. Desde mi posición, en la que me gusta analizar a los clientes, y a muchos los conozco más de lo que ellos quisieran, observo con qué ritmo mueven ese café, si lo hacen a izquierda o derecha e incluso si están dispuestos a quemarse los labios o, por el contrario, tienen la templanza suficiente de esperar a que se enfríe. Perezosos, dubitativos, amargados, prepotentes, todos se reflejan del mismo modo ante la espuma de un buen café.

Treinta y dos grados Fahrenheit azotaban aquellas titánicas fachadas. El invierno del *Starbirds Coffee* ya había girado la esquina que unía la Calle Cuarenta y dos con la Octava

Avenida. Mientras, unos mocasines deslumbraban con paso decidido recorriendo los pocos metros que quedaban para coronar la cafetería.

Se abrió la puerta del local. Entró un pellizco de aire frío acompañando a uno de esos tipos que sin la necesidad de mediar palabra no pasan desapercibidos. Un traje azul marino se intuía bajo un abrigo tres cuartos, también de la misma tonalidad, aunque un tanto más oscuro. Unos ojos tostados y un mentón, que no hacía más de media hora había sido rasurado, me pidieron con cortesía un café expreso. Se lo serví rápidamente. Le acompañé con la mirada hasta que escogió aquella mesa individual, una de las dos frente a mi barra. Removía el café sin cucharilla, dando suaves bandazos a la pequeña taza. Un hombre enérgico, positivo, intenso en sus relaciones. Tuve que apartar mi mirada cuando le dio el primer sorbo al café. La puerta de la cafetería volvía a dejar pasar al invierno.

Algunos clientes del local seguían con sus conversaciones en la parte interior de éste. Entre risas, se resistían a dejar esa fuente de calor y se hacían los remolones entre chismes y cuchicheos de la planta veinte de algún edificio cercano.

Empujó la puerta con poca fuerza, apenas se abrió unos centímetros para que pasara ella. La esperaba cada día. Era una clienta habitual. Quizá mi ojito derecho. Unas botas de cuero negro pisaban delicadamente con sus tacones cuadrados aquel afortunado felpudo de la entrada. La seguían una gabardina grisácea, con sus seis grandes botones arregladamente abrochados. Y un conjunto de bufanda y sombrero color burdeos que me daban los buenos días, a los cuales respondí dejando mi corazón a su disposición sobre la estrecha barra de esta cafetería. Aquella sonrisa espontánea que me pedía un café moca no pasó inadvertida para el caballero de la mesa individual, que seguía dando pequeños sorbos a su expreso. Llené sutilmente el filtro de la cafetera —sin dejar de observar el juego de miradas que había encontrado aquel tipo del traje azul marino— y acabé de cubrir aquel café con nata montada. Sólo con un dedo de crema, como ella siempre me lo pedía. Cerré la tapa. Escribí «Caroline» en el vaso, de la misma manera que tantas veces lo había hecho y se lo ofrecí amablemente. Mis ojos persiguieron aquel café moca hasta que quedó justo enfrente de aquel manoseado y mareado café expreso.

A partir de ese momento comenzó un tonteo de miradas que se perdían entre periódicos y teléfonos móviles. Noté que ninguna de aquellas miradas rebotaba sobre las tazas de mi barra, yo había desaparecido para ellos. Seguí observando desde detrás del mostrador de las bandejas de *muffins*. Noté que tenía el delantal desabrochado, lo anudé de nuevo, las manos me temblaban. Los ojos de Caroline se derretían ante el calor de aquel café expreso, dulce, cremoso y caliente, su café moca había pasado a un segundo plano. De pronto, aquel tipo de traje azul marino hizo un gesto. Asentí con la cabeza y me acerqué. Me pidió la cuenta. Pagó con un billete de diez dólares. Le devolví el cambio. Unos cuantos dólares y algunos centavos. Abandonó un par de estos últimos en el platillo, dejando las paredes de la taza cubiertos por restos de espuma. Se levantó y disparó una última mirada de complicidad a mi clienta favorita. Y volviendo a enfundar sus ojos tostados en el interior de sus cuencas, se marchó.

Entonces, Caroline me miró, en esta ocasión sí. Apuró rápidamente el café. Su cara esbozó una mueca. Deduje que se acababa de escaldar la lengua. Eso no era lo habitual en ella. Caroline era calmada, no era de las que tienen prisa por tragar un café. Me pidió la cuenta, le respondí:

—Tranquila, tu café ya está pagado.

Miró hacia la puerta y aún pudo ver, difuminada por el vaho de los cristales, como aquella silueta azul marino se subía en el primer taxi que paraba y se esfumaba con la luz verde de un semáforo de la Octava Avenida. Apagó su mirada. Se levantó. Lió su bufanda pasando su mano derecha por detrás de su cuello. Se encajó el sombrero dejando entrever su flequillo. Y se despidió con media sonrisa entrecomillada por un par de hoyuelos con un «hasta mañana», dejando un par de dedos de café en el vaso.

Todo esto que os acabo de contar sucedió ayer. Y hoy os lo he querido explicar mientras me vuelvo a anudar el delantal, como cada mañana. Coloco pausadamente taburetes y sillas. Ordeno todas las tazas. De grandes a pequeñas. Separando las de cristal de las de cerámica. Apilo los vasos, también por medidas. Observo por la ventana como el invierno vuelve a golpear contra las cristaleras. Y compruebo la tinta de este rotulador negro que ha de escribir su nombre. Por cierto, el mío es Alfredo y desde detrás de esta barra, entre dulces azucarillos y amargas virutas de chocolate, me gustaría poder contaros que hoy lo he vuelto a hacer, que he vuelto a invitarla a un café.

Bellini

Sinceramente, no recuerdo cuándo fue la primera vez que empecé a interesarme por lo que la gente tiraba en los contenedores de basura. Uno de los primeros objetos que recogí, un viejo transistor, todavía decora el mueble de mi comedor. Su antigüedad, como poco, debe ser de más de cincuenta años. Tiene una funda de piel oscura, que reparé cubriendo con grasa de caballo. Y una carcasa de metal oxidado, que con un poco de pintura azul y no menos paciencia, dejé como una patena. Junto a él, todas las mañanas escucho la información deportiva, me tomo mi descafeinado y me despido de mi mujer para salir a dar un paseo.

En estos escasos dos años que llevo jubilado ésta ha sido mi rutina. Ando varias horas por las estrechas calles de esta pequeña ciudad, escudriño con la mirada y con las manos, si lo creo conveniente, papeleras y contenedores. Siempre intentando no ser visto, por el qué dirán. Charlo con vecinos y amigos. Contrastamos opiniones futbolísticas, y ¿por qué no?, discutimos, si es necesario, por defender a nuestros equipos. Que si lo de los turineses no fue penalti, que si los milaneses ganaron por la mínima o que si el delantero centro de los romanos no mereció la tarjeta roja directa. Así hasta que llega la hora de comer, cuando vuelvo con mi esposa, que como de costumbre me tiene preparados los raviolis en la mesa, o lo que se tercie según sea martes, miércoles o viernes. Y si he tenido suerte, dejo lámparas, arquitas o lo que sea que haya podido repescar de la basura, a los pies del sillón para luego echarle un vistazo y repararlo si es preciso.

En una de aquellas mañanas, cuando paseaba por las calles que esconde la parte trasera del Gran Mercado, vi un montón de objetos tirados a los pies de uno de los contenedores de cartón. Algo me llamó especialmente la atención. Me acerqué. Miré a mi alrededor con disimulo y al no ver a nadie, los cogí. Alguien había dejado allí unos zapatos, unos zapatos de cuero usados color marrón chocolate. Suelas de caucho y cordones negros. Los cogí con delicadeza con un par de dedos de cada mano. Número cuarenta y uno, pude adivinar en la desgastada lengüeta del pie izquierdo. Los dejé en el suelo. Miré mis mocasines negros, y comencé a descalzármelos, sin más. Al poco rato, había dejado mis zapatos y llevaba puestos los de un extraño. Sentí aquellas plantillas frías. Abrí y cerré unas tres veces los dedos de mis pies y comencé a caminar. Volviéndome a perder entre aquel laberinto de callejuelas, sin mirar atrás. Dejando abandonados junto al contenedor de cartón, mi par de ajados mocasines negros.

Comencé a ver el mundo a través de otros zapatos. Como unos guantes marrón chocolate, abrazaban mis pies y se ajustaban dándome comodidad. Los puentes parecían arquearse a mi paso y los minúsculos balcones hacían reverencias al escuchar el chirriar de mis suelas. Los gondoleros silbaban al son de aquellos zapatos, que totalitariamente me habían cambiado la manera de andar. Mi espalda se había erguido y mis zancadas eran más largas y marcadas. Pasó casi una hora hasta que, sin saber cómo, me encontré golpeando el picaporte del número ciento setenta y cuatro de una calle cualquiera.

Un tipo flaco y calvo, que me sacaba dos palmos, abrió la puerta. Deduje que se trataba de un mayordomo. Bajó la cabeza, vio mi cara de circunstancias y miró mis zapatos.

—Buenos días señor, ¿ya está de vuelta? —me dijo.

Y cuando iba a responder, en un intento de rectificar a aquel tipo, mis zapatos entraron en aquella casa del número ciento setenta y cuatro de una calle cualquiera. Subieron por la gran escalinata de mármol que llegaba hasta el salón. Las telas y el oro que decoraban aquella estancia me dejaron maravillado. Sobre mí, cientos de cristalitos en forma de lámpara reflejaban mi sorpresa. Y dominado por aquel par de zapatos me senté en el sillón de piel, donde el mayordomo me ofreció una copa de bellini. Cuando aún no había dado el primer sorbo, apareció una mujer, de unos sesenta años, vestida y peinada de manera elegante y con el toque justo de un buen perfume.

—Has llegado hoy pronto, cariño —y me besó en la mejilla.

A lo cual, respondí con otro beso en su mejilla. La seguí con la mirada hasta verla salir del salón. Me acomodé en el sillón y cogí el mando del televisor, una gran pantalla que rondaba la cincuentena de pulgadas, lo encendí y comencé a cambiar canales. Era una gozada. Canales de cualquier parte del mundo, películas, documentales y deportes, deportes de todo tipo. Y fútbol, era fascinante ver el fútbol en aquella gigantesca pantalla. Entre penaltis, fueras de juego y tiempos añadidos, advertí que me había bebido todo el bellini. Chasqueé los dedos y en menos de un minuto el mayordomo me había traído otra copa. Coloqué los pies sobre la mesita y eché un vistazo a mis zapatos. El sabor a melocotón acariciaba mi garganta, mientras disfrutaba de aquel sueño. En poco rato, me encontré vestido con un fino batín de seda y con otra copa de cóctel en la mano. De pronto escuché el corretear de unos críos subiendo las escaleras.

—¡Buenas tardes abuelo! —gritó el mayor de los niños. Vestidos con pantalón corto, calcetines de media blancos y mochila a sus espaldas, volvieron a correr escaleras arriba, mientras el mayor, más rezagado, pellizcaba con travesura los tobillos del pequeño.

Entendí, ante tal evidencia, que aquellos críos habían creído que yo era su abuelo. En ese momento vi que la situación se me estaba yendo de las manos. Me desaté los zapatos con sigilo y los dejé junto al sillón. Apagué el televisor. Me desprendí del batín, dejándolo con cuidado sobre el reposacabezas. Bajé por las escaleras de mármol y salí de aquella casa del número ciento setenta y cuatro de una calle cualquiera, intentando hacer el menor ruido posible, para volver a mi monótona vida.

Caminé descalzo hasta mi casa mientras el agua alta me empapaba los calcetines. Pasé por delante del mercado, que ya tenía sus persianas bajadas. Estaba oscureciendo. Intenté evitar sin acierto los charcos de las aceras, mientras pensaba en alguna excusa que contarle a mi mujer. Temí que no creyera la verdad y me tomara por loco. Todo el día fuera, sin saber de mi, y llego descalzo y oliendo a melocotón con prosecco. Contara lo que contara, sabía que no me iba a creer. Cuando llegué a mi puerta, el agua ya me calaba los pantalones hasta las rodillas. Saqué la llave, no sin problemas, y comencé a subir hasta el segundo. Escuché las risas de una pareja que bajaba también por las escaleras. Me aparté para dejarles paso. Era un matrimonio de unos sesenta años. El hombre cogía con delicadeza a la mujer por la cintura. Ella con un gesto suave peinaba las canas rebeldes de su marido. Los dos me miraron.

—¡Buenas noches! —dijeron al unísono.

Al verlos pasar por delante de mí, quedé sobrecogido.

Lo que más me sorprendió no fue que aquel matrimonio de sesentones se mimara como si tuvieran veinte años, ni que aquella señora que me daba las buenas noches sin apenas reconocerme fuera la madre de mis hijos. Lo que realmente me dejó sin palabras fue ver que aquel tipo que salía de mi casa y con mi esposa de la mano, llevaba calzados mis mocasines negros.

El contagio

Ayer sufrí un contagio. Pero no un contagio de esos que se pillan en algún motel de carretera o en los lavabos de cualquier bar de copas a las tantas de la madrugada, no. Fue un contagio inmediato, de los que se transmiten sin necesidad de tocarse, tan sólo con la mirada. Un contagio que une. Ya sea por un instante, por un momento largo o para siempre, pero une. En mi caso creo que me contagié para siempre, porque, aunque me han contagiado otras veces, esta vez fue especial. Me contagié, me miró, la miré, nos miramos y sonreímos. No sé quién contagió a quién, quizá fue ella primero, no sé, el caso es que al verla tapar su boca con la palma de la mano, sin poderlo remediar, yo también bostecé.

El amante

Celos, eso es lo que yo siento en este momento. Noto mi corazón excitado y la mente perturbada. Una mezcla de envidia, indignación y rabia, al ver que aquel tipo ha vuelto a desayunar con ella. El par de tazas que he descubierto en el fregadero no dan lugar a dudas. No puede ser de otra manera. Y por ello, siento celos.

Como de costumbre, me ha recibido en pijama. Espero a que ella hable. Mientras, permanezco con el semblante serio, apoyado en el marco que da entrada a la cocina.

—Has llegado hoy más temprano, ¿verdad cariño? —me pregunta Ruth aclarando hábilmente las dos tazas de café que todavía reposan en el fregadero.

Sus párpados todavía se muestran hinchados. Sé que no me esperaba a esta hora. La noto nerviosa. Es evidente que quiere ocultarme las pruebas, desviar mi atención.

—Te he mandado un mensaje al móvil —contesto con tono seco—. Creí que lo habrías leído. Todavía nos deben en la fábrica algunas horas del mes pasado.

—Olvidé el teléfono en el despacho —responde restando importancia al asunto.

Estoy tentado de preguntar: «¿Has dormido sola?». Pero no tengo agallas. Prefiero callar para no echarlo todo al traste. No es la primera vez que esto sucede. Las cosas están claras, ya hace tiempo que lo están. No hay trato ni nunca lo ha habido. Esta es la vida que ella ha elegido, y que yo acepté. Me lo dejó claro desde el primer momento.

Joy viene a recibirme. Lo acaricio justo por debajo de la oreja. Sé que le gusta. Me olisquea, le doy una palmadita en el lomo y corre torpemente a estirarse a los pies de ella, refregándose entre sus zapatillas y los bajos del pantalón.

—¡Eso, vete con mami! —exclamo de manera desenfadada. Provocando la risa de Ruth y haciendo que el caniche, tendido en el suelo, levante sus pequeñas orejas.

Ella, creyendo que ha conseguido despistarme me ofrece un café.

—¿Quieres que te prepare un café? He dejado algo en la cafetera —me pregunta encandilándome con su media sonrisa.

—Venga, hazme un cortado.

He vuelto a caer en sus redes.

Seca una de las tazas que acaba de dejar en el mármol y se dispone a llenármela de café.

—¡No! —grito—. No quiero esa taza. Seguro que está mojada —continúo, intentando suavizar mi tono.

Mi corazón vuelve a latir de manera descontrolada. No estoy dispuesto a beber de la misma taza que, probablemente, acaba de babosear aquel tipo. Agacho la mirada mientras observo como Ruth, queriendo evitar cualquier discusión, coge otra taza del armario y me sirve un chorro de café. Pasa por delante de mí, coge una botella de leche del frigorífico, acaba de llenar mi taza y le echa un par de cucharadas de azúcar. Me lo bebo en dos tragos. Se acerca, me mira fijamente, me vuelve a sonreír y me besa.

—Eres un bobo —dice con voz suave, sin apartarme la mirada y dirigiéndome sutilmente hacia el pasillo.

Estamos a pocos pasos de la habitación. La cojo por la cintura. Cruzamos el estrecho pasillo y la abrazo por la espalda hasta que entramos en ella. Allí, otro jarro de agua fría me vuelve a recordar que soy frágil. Me vengo abajo al ver que la cama está sin hacer y ambos lados están engurruñados. Se me anuda el estómago. Caemos sobre el colchón, yo encima de Ruth.

—¿Me quieres? —pregunto, con mi cara a escasos centímetros de la suya.

Sin apenas mirarme a los ojos, me tapa la boca con sus dedos y obtengo un gemido placentero como respuesta.

Me seduce. Sobeteo la blusa de su pijama mientras me deslizo a los pies de la cama. Desnudo sus piernas, despojándola del pantalón y me dispongo a subir lentamente. Acaricio su piel con mis fuertes manos, cada vez con más fuerza. Beso ansioso sus pies, sus tobillos, haciendo recorrer mis labios, que pasan por sus rodillas hasta llegar a los muslos. Pierdo la cabeza entre sus depiladas ingles. Acaricio con mi nariz, seguida de mi boca, su cuidado vello. Mordiéndome los labios, juego de manera sensual con el contorno de su ombligo. Levanto su blusa y manoseo sus pechos, notando el erguir de sus pezones. Lamo su cuello, una y otra vez, haciendo que Ruth se retuerza de gusto sobre la cama. Sigo besándola mientras, disimuladamente, alargo mi brazo hasta llegar a la mesita de noche. No sin problemas, consigo alcanzarla. Ya la tengo.

Intento no hacer el menor ruido.

Cojo la maldita fotografía en la que aparecen, Ruth, su marido y los niños. La tumbo con cuidado sobre la mesita, bocabajo una vez más. Siento envidia, indignación, rabia. Vuelvo a sentir celos. Yergo mi mano izquierda hasta acariciar su entrepierna. Mientras juego con mis dedos para escuchar de nuevo sus gemidos, cada vez más persistentes.

El niño imaginario

Durante mis primeros años de relación con Berta todo iba a pedir de boca. Nos conocimos cuando nuestras vidas apenas pasaban de la treintena, en una concurrida discoteca de Barcelona. Fue como si nos estuviéramos esperando, ella y yo ajenos a lo que sucedía a nuestro alrededor en aquella pista de baile. Luces intermitentes y música de los ochenta para cruzar nuestras vidas justo en ese momento y continuarlas juntos, cogidos de la mano. A partir de ahí encadenamos un viaje tras otro, Milán, Praga, Ámsterdam y La Gran Manzana. Cenas y copas viendo el atardecer desde las mejores terrazas y restaurantes de Barcelona. La ciudad a nuestros pies: la torre Agbar, las torres Mapfre, el hotel Vela. Sin preocupaciones, no dependíamos de nadie ni nadie dependía de nosotros.

Y así anduvimos aproximadamente durante un par de años, cuando decidimos alquilar un piso e irnos a vivir juntos al barrio del *Eixample* derecho, concretamente en el 315 de calle Mallorca. Un pequeño *loft* de poco más de sesenta metros cuadrados, suficientemente acogedor para nuestras sesiones de cine de los domingos y, a su vez, lo bastante amplio como para organizar nuestras reuniones de amigos y fiestas improvisadas.

Pasaban ya más de cuatro años desde que pisamos por primera vez aquel piso de calle Mallorca y hacía pocos días que acabábamos de llegar de unas vacaciones por la costa valenciana. Cuando de repente, en plena cena y sin apenas venir a cuento, Berta rompió el silencio:

—Creo que ya va siendo hora de pensar en ser padres.

Si me llegan a vaciar en aquel momento un cubo de agua fría en el cogote, apenas lo hubiera notado. Agaché la cabeza y asentí, quedando pensativo. Jugué, nervioso, con la copa de vino y dije:

—Estoy de acuerdo, pero es que me siento tan, no sé... ¿inmaduro?

Berta, soltó una carcajada.

—¿Inmaduro? —volvió a reír. No tengas la menor duda. Vamos a ver, Mario, estamos a las puertas de los treinta y ocho. He hablado con mis amigas de esto y todas coinciden en que tenemos que ponernos ya. Con suerte lo tendremos para mediados del año que viene y treinta y nueve ya supone un alto riesgo para ser madre.

Después de un discurso tan bien infundado no tuve más remedio que aceptar la idea y empezar a actuar como lo hacen los hombres que rondan la cuarentena. Conocía a gente que habían sido padres con veinte, treinta e incluso con treinta y cinco. Pero los que se acercaban a los cuarenta años eran los menos y me parecían mayores, la verdad. En gran parte, Berta tenía razón. El tiempo había pasado, era tan cierto como irremediable. Había llegado el momento de madurar. Y sería necesario hacerlo a marchas forzadas.

Cuando todavía no habían pasado dos meses de aquella charla, Berta se acercó a mí, sonriente —con su mirada lo decía todo, pero aún así tuvo la necesidad de vocalizarlo— y me dijo:

—Tengo una falta.

Todos mis tics, aquellos tics involuntarios que sólo aparecen con los nervios y se juntan con sudor frío en la frente, aparecieron a la vez y en el mismo instante: Berta estaba embarazada.

A los pocos días un test de embarazo comprado en la farmacia lo confirmaba. Entonces tuve la, no sé si genial o absurda, idea de empezar a practicar. Yo no tenía conocimientos de actuar como lo hace un auténtico padre, con lo cual tuve la imperiosa necesidad de crear un niño imaginario, un bebé a modo de prueba o algo así.

Después de pensar en varios nombres, lo llamé Mario, como yo. Preferí que fuera un niño, ya que así, creí, comprendería mejor su manera de comportarse. Empecé cambiando su primera caca, imaginaria por supuesto. Y le di el biberón, también imaginario, tantas veces al día como explicaba aquel video para mamás primerizas de internet. Lógicamente, no comenté nada del niño imaginario a Berta, que bastante tenía con ver como se le hinchaban los pies y se le ensanchaban las caderas a pasos agigantados.

Mario resultó ser un niño bastante inquieto, se despertaba un par de veces todas las noches. Yo me levantaba sin hacer el menor ruido, para no ser descubierto por Berta. Me encerraba en el baño por si le daba por despertarse. «Estoy en el baño, cariño», hubiera contestado, pero no fue necesario. Berta dormía a pierna suelta toda la noche e incluso ahora le había dado por roncar, cosa que me ayudaba para confirmar que continuaba dormida.

En el momento de ir al trabajo, pensé en dejar a Mario con mis padres, pero tuve miedo de que no supieran cuidar de un niño imaginario, o que no se lo tomaran en serio, y preferí llevármelo a la oficina. Allí, lo dejaba junto a la mesa y si lo escuchaba llorar miraba si tenía el pañal limpio o si tenía hambre. Nadie, en ningún momento, sospechó nada. O al menos eso creo.

Mientras, yo seguía en mis tareas como aprendiz de padre primerizo, Berta andaba ya por su quinto mes de gestación. Para acompañarla a los rutinarios controles del ginecólogo y a las tediosas clases de preparto me llevaba a Mario, que por aquel entonces ya tenía casi cinco meses. Porque nadie lo podía ver, pero estoy seguro que dirían aquello de «es clavadito a su padre». Cosa que era bien cierta, Mario cada día se parecía más a mí. Aquello hacía que me sintiera orgulloso. Sin duda, mi instinto paternal había despertado.

Berta estaba que no cabía de contenta, el doctor nos acababa de comunicar que iba a ser una niña. Nos costó muy poco decidir su nombre: se llamaría Sofía, como su abuela. Un nombre que continuaba siendo bastante actual. A los dos nos parecía bien y sonaba en concordancia con los apellidos.

Los últimos dos meses, fueron los más duros. Berta tuvo que guardar bastante reposo y yo tuve que ocuparme de la mayor parte de las tareas de la casa. Y para continuar creciendo como padre, también de Mario que ya contaba con más de medio año de edad.

El día que nació Sofía me tocó correr, Berta rompió aguas cuando yo estaba en una reunión a más de ochenta kilómetros de la capital. Fuimos lo más rápido que pudimos, en menos de una hora nos plantamos en la Clínica del Pilar y llegamos justo a tiempo a la sala de partos para ver nacer a Sofía. Resultó ser una niña preciosa, no podría deciros otra cosa. Aunque me emocionó tenerla en mis brazos, no me tembló el pulso, actué con madurez y serenidad. Sin duda aquellos meses de aprendizaje habían servido de mucho. Ya en la habitación, mostré una gran soltura al cambiar de muda y de pañal a la niña. Noté la sorpresa en los rostros de padres y suegros. También Berta se sentía orgullosa de mí.

—No es lo habitual en un padre primerizo —comentó una de las enfermeras—. ¿Está usted segura de que es el primero? —le preguntó a Berta entre risas, provocando la carcajada cómplice de cuantos estaban en la habitación. Por supuesto, yo también reí.

Pasaron los meses, Sofía estaba muy pegada a su madre y, evidentemente, viceversa. Muy a mi pesar acabé por adaptarme a su manera de hacer. Le daba la papilla y le cambiaba los pañales como a Berta le gustaba, con tal de evitar discusiones absurdas. La verdad fue que con Sofía no pude llevar a cabo muchas de las cosas que había aprendido como padre y lo añoraba. Teníamos nuestros más y nuestros menos, pero las cosas no nos iban del todo mal. Aunque nuestra vida había cambiado —atrás quedaban aquellos bailes hasta entradas horas de la madrugada y las cenas contemplando el *skyline* barcelonés—, nos supimos adaptar a la situación. Sofía empezó la guardería y sin apenas darnos cuenta ya estaba en primer curso de primaria. Resultó ser una buena estudiante y nada conflictiva con sus compañeros de clase. Traía amigas a casa y aunque era muy sociable, también le gustaba pasar bastante tiempo sola, jugando con sus muñecas y sirviéndoles café.

Ahora ya está en sexto de primaria y dicen que es calcadita a su madre. Y no se equivocan. Conforme ha ido creciendo se le han ondulado los cabellos y aclarado los ojos. Se parece a Berta en todo, hasta en la manera de caminar. A su madre, por supuesto, se le cae la baba cuando alguien se lo recuerda. Todo lo contrario a Mario, que cada día se parece más a mí. Un poco vago en los estudios, eso sí, y de carácter más introvertido, pero un buen chaval. Y aunque intento que no se me note, no lo puedo negar, sigue siendo mi ojito derecho. Mañana empieza secundaria.

El
préstamo

«No, que te lo quedas y luego me enamoro», aquella fue mi respuesta, porque estoy harto de prestarlo y que luego no me lo devuelvan. A saber qué hacen con él. Uno lo ofrece con la mejor de las intenciones, para que pasen un buen rato, ya sean días, meses o, si así lo quieren, para toda la vida, pero ya que se lo quedan podrían tratarlo con cuidado. Me lo imagino en cualquier estantería, comido por el polvo, o calzando alguna pata de mesa, y me angustia el pensar en ello. Cuando las cosas ajenas se usan, y ya no las vas a utilizar, lo más normal es devolverlas a su dueño, que no pasa nada, disfrutas y aprendes todo lo que puedas de ellas y cuando ya no te aportan nada pues se devuelven, así de sencillo. Aunque de esta manera corres el riesgo de que te lo devuelvan roto, hecho pedazos, y quizá esto sea más dramático. No sé cómo lo tratan, si lo abren hasta romperle las costuras y desmontando sus entrañas o lo patean sin compasión, pero a veces vuelve destrozado. Sí, es cierto, lo puedes arreglar y utilizar de nuevo, pero ya no es lo mismo, al menos durante un tiempo. Cuesta volverlo a abrir y mucho más confiar de nuevo en alguien que te lo pida, por eso cuando me preguntó aquello de: «¿me prestas tu corazón?», lo tuve claro: «no, que te lo quedas y luego me enamoro».

El Gran Loussini

Cierro su boca atravesando con una fina aguja sus azulados labios, los mismos que hace ya unos años pronunciaban aquello de: «¡Esto, amigos, no es magia...», y después de señalar al público enérgicamente con el dedo, provocaban una gran ovación con otra frase que en este momento no consigo recordar.

Tengo ante mí, como confirma la documentación que me han dejado colgada los celadores a los pies de su camilla, a Luis Enrique Castaño Ardiles. No me ha costado reconocerlo. Aunque acariciado por la muerte y con la piel arrugada por sus setenta y largos años, todavía conserva aquella expresión mística con la que había recorrido los escenarios de medio mundo. Intento atraer a mi memoria aquella frase con la que cerraba sus espectáculos, pero no lo consigo. Sigo dándole vueltas a mi cabeza mientras tapono sus orificios nasales con un par de algodoncillos. El *Gran Loussini*, murmuro asintiendo mansamente con la cabeza. Lo miro fijamente, quizá esperando un último... ¿pero qué demonios? Yo sé mejor que nadie que estas cosas no ocurren, que los fiambres son fiambres y nada más. Yo, que tuve la sangre fría de arreglar a mi padre para su propio velatorio, debería tenerlo más que claro, que después de esto no hay tiempo para más trucos. Me ajusto bien la mascarilla. Vuelvo a mirarlo con curiosidad, mientras sujeto en mi mano la cuchilla que ha de afeitar las recias canas que brotan de sus mejillas.

Busco unas tijeras y un peine entre los utensilios de mi bandeja. Recorto sus patillas, y perdido entre los cuatro pelos blancos que han persistido en su cabeza con el paso de los años, me viene a la memoria cuando de chaval asistí a uno de sus espectáculos. Sonrío, aunque he de reconocer que al principio me asusté al ver a aquella mujer, en el centro de la pista, dentro de tres grandes cajas, partida en pedazos. Me levanté de la butaca alzando los brazos y mirando espantado a mi padre. Los tambores sonaron con fuerza y una carcajada de admiración, de ilusión, me recorrió desde la cabeza hasta los pies, al ver que la mujer, iluminada por un gran foco, todavía estaba entera, de una pieza. Un maillot de lentejuelas plateadas y unas piernas hermosas daban paso al mago, al ilusionista, al *Gran Loussini*. «¡Sólo es un truco!», exclamó alguien entre risas, restando importancia a lo que mis ojos acababan de creer. No le hicimos el menor caso.

Continúo recordando a ese crío de los setenta, mientras rasuro con delicadeza aquel diminuto bigote que tantas veces había visto en sus carteles. *El Mago más famoso del Mundo* rezaban a todo color los panfletos que repartían a la entrada del *Gran Circo de las Ilusiones*. *El show más maravilloso del Universo*, y su mirada aparecía entre cadenas y naipes buscando el infinito bajo unas negras y tupidas cejas.

Sus huesudas y gélidas manos me devuelven al presente.

Unos dedos flacos que algún día habían convertido los ases en reyes y las picas en corazones, reposan para ser arreglados. Los observo mientras voy cortando, con delicadeza, sus débiles uñas. Son como los de cualquier otro cadáver pero algo me hace sentir una esencia especial. Quizá esa misma esencia que hacía de las flores, plumas y de las plumas, palomas. Como si de un momento a otro, con sus insensibles yemas, fueran a señalarme y sorprenderme con aquella frase con la que cerraba sus espectáculos.

Mi propia respiración, saliendo de la mascarilla, me empaña la mirada. Limpio mis gafas con una de las puntas de la bata y empiezo a vestir el cuerpo inerte del gran mago. Camisa blanca y americana negra, la misma que era lanzada al cielo con aires de chulería, en el mismo instante que aquel elefante de cinco toneladas volvía a llenar el escenario, después de que el *Gran Loussini* lo hiciera desaparecer ante nuestras incrédulas narices. Trago saliva mientras anudo con delicadeza la pajarita blanca, desgastada, amarilleada por el tiempo, que siempre lucía en sus actuaciones y la cubro con un pañuelo, sobre el cuello de su camisa, para no mancharla con el maquillaje.

Cubro con polvos las facciones de su pálido rostro. Disimulo con suaves brochazos, y poco éxito, las ojeras que albergan las desilusiones del ilusionista. Entran de nuevo a los celadores que me piden, insistentes, más premura. Como tantas veces, me ayudan a tumbar el cuerpo en el ataúd, un ataúd de madera oscura y rojiza, acomodándolo delicadamente sobre el acolchado de la caja. Retiro el pañuelo de su cuello. Cruzo sus brazos sobre el pecho. Estiro los puños de la camisa, dejándolos entrever debajo de las mangas de la americana. Encajo la tapa del ataúd y los despido con un ademán, mientras veo como se alejan con el féretro dejando atrás mi laboratorio.

Al perderlos de vista, por fin emerge en mi mente aquella frase con la que el *Gran Loussini* terminaba todas sus actuaciones:

—«...magia son ustedes!» —siento.

Una sensación extraña recorre mi cuerpo.

—«¡Esto, amigos, no es magia. Magia son ustedes!» —decía—. ¡Nosotros, nosotros somos magia! —me repito una y otra vez.

—Nosotros somos magia... —sigo murmurando mientras me acerco lentamente a la ventana situada frente a las salas del tanatorio.

Unos pocos amigos y familiares, no más de veinte, observan cabizbajos la entrada del *Gran Loussini* y se levantan paulatinamente al paso del ilusionista. Los celadores sitúan el cajón delicadamente, acompañados por la timidez de algún susurro, quedando el féretro asentado en el interior de la sala número dos.

Cuando abren el ataúd, el mago ha desaparecido.

El tipo del traje gris

Sentado en su vetusto sofá de piel granate, volvió a subir las gafas que resbalaban por su nariz. Cubierto por un fino batín, frente a un antiguo y pequeño televisor apagado, no podía dejar de mirar a aquel tipo de traje gris que le acompañaba acomodado en la butaca de enfrente.

Con el paso de los años, aquel tipo había llegado a ser indispensable para el viejo Emilio, y ahora, como antaño, seguía allí, junto a él, acariciando suavemente la esfera del reloj dorado que envolvía su muñeca. Tic-tac, tic-tac, le susurraban el par de agujas a aquel tipo trajeado.

El tipo del traje gris ya estaba allí cuando Emilio nació. Aunque no lo recordaba, lo sabía. Aparecía en todas sus fotografías. Absolutamente en todas. Delante, detrás, a izquierda o derecha. Su presencia era patente en cada uno de sus momentos y experiencias vividas. Ya en su primer aniversario le ayudó a soplar la vela que coronaba aquel tremendo pastel de chocolate. Condujo su mano para dirigir los primeros garabatos sobre un papel para no sobrepasar los márgenes. Estiró de sus dientes para esconderlos bajo la almohada, a la espera de que se hubieran convertido en algunas monedas al despertar. Pero en aquel entonces la figura de aquel tipo de tez morena y cabellos negros, vestido con un traje de color gris pizarra, pasaba inadvertida para el pequeño Emilio.

Habían jugado juntos en el patio de arena de la escuela. Emilio chutaba con nervio un maltrecho y rodado balón de cuero, mientras aquel tipo desgastaba sus suelas sobre la grava, corriendo en vano detrás de aquella pelota. Faltas que dejaron mella en sus rodillas, balones al larguero y carreras por la banda ignoradas por aquel despreocupado crío. Eran muchos los momentos de infancia compartidos por el ahora anciano Emilio con aquel desconocido. Momentos soplados por el viento. Amontonados en forma de recuerdos como las hojas lo hacen alrededor de los árboles. Algunas aguantan las embestidas de las fuertes ráfagas. Otras en cambio se marchan, quedando ocultas para siempre. Junto a aquel tipo, Emilio regaló su primer beso. Lloró y maldijo al cielo con la pérdida de su padre a una temprana edad. Rió a carcajadas con sus compañeros a las puertas del instituto. Vio caer granos de arroz en las escaleras de la iglesia, mientras sus ojos brillaban de gozo ante la sonrisa de aquella atractiva novia. Siempre tenaz e infatigable, la figura de aquel tipo de traje gris había continuado en su vida. Pero a Emilio, hasta entonces, nunca le había interesado saber nada sobre aquella persona que le custodiaba, día tras día, a lo largo de los años. Desde que era un chaval, disfrutó del momento sin plantearse el porqué de la presencia de aquel tipo. En su adolescencia, siempre a su lado, siempre en silencio. En su juventud, ni una palabra, ni un gesto. Dejando pasar egoístamente los años sin quererlos compartir con aquel tipo trajeado.

Ahora estaban juntos, el uno frente al otro. El tipo del traje gris, para el cual parecen no haber pasado los años, en un gesto pausado, mira a Emilio y se cruza de piernas, descansando unos asendereados botines sobre su rodilla diestra. Mientras, continúa dando compulsivos vistazos a su reloj de pulsera. Emilio baja la vista. Sus ojos se muestran tristes. Se humedece los labios con la lengua, unos labios cuyas comisuras ya curvan hacia abajo. Junta sus rodillas, pone sus manos sobre ellas y observa los cuadros de sus zapatillas sin pronunciar palabra, colocando nuevamente las gafas que han resbalado hasta la punta de su nariz.

Sus sentimientos sobre aquel tipo empezaron a cobrar importancia con el transcurso de los años. Compartió con él los mejores momentos de su juventud. Descubrió que a su lado los buenos momentos llegaban a convertirse en agradables recuerdos. Y aunque en algunas ocasiones tuvo la tentación de detenerlo y hablar con él, para agradecerle o reprocharle, nunca lo hizo. Porque aquel tipo, que alguna vez fue ignorado, comenzaba a imponerle respeto.

Como en otra época, el tipo del traje gris apagó con Emilio la cuarentena de velas que quemaban en la tarta. Disfrutó de los primeros pasos de su niña junto a él y su esposa. Balancearon columpios, jugaron con muñecas y corretearon entre las sillas del salón. Y los años seguían pasando, para Emilio, que ya reflejaba una mirada curtida y unos cabellos rayados por las canas. Y para el tipo del traje gris, que por el contrario, continuaba mostrando un cuerpo joven y enérgico.

Llegó un día en que descubrió cómo su vida había quedado a merced de aquel tipo trajeado, sintiéndose como un títere en sus manos. Mientras retozaba con sus nietos y los veía sonreír. Cuando le llamaban abuelo y se montaban en su espalda. Cuando se peleaban entre ellos y le hacían refunfuñar. Allí estaba, imperecedero, el tipo del traje gris. A veces, a un par de metros, otras, a un par de dedos y otras, en la distancia. Pero siempre allí, a su lado. Con él los problemas se enfriaban, perdían importancia y los malos momentos se hacían más llevaderos. Comprar un ramo de flores. Colocarlo en un jarrón frente al nicho de su esposa. Limpiar el polvo del mármol con un pañuelo de algodón. «Venga, acérquese amigo, hablemos», le hubiera gustado decirle. Pero nunca se atrevió a hacerlo.

El profundo respirar del anciano evitaba un silencio completo. Un rostro pálido y aquellos labios arrugados continuaban observando al tipo de la butaca, que seguía con su afán de mirar las manecillas de su manoseado reloj dorado. Tic-tac, tic-tac. Siempre girando a derecha. Nunca a izquierda. Los segundos empujaban a los minutos. Los minutos hacían lo propio con las horas. Echó un último vistazo a su muñeca. De pronto, descruzó sus piernas, ante la mirada del viejo, y apoyando ambas manos sobre los reposabrazos de la butaca, se levantó. Entonces Emilio, por primera vez en su vida, le habló:

—¿Se marcha? —su voz tembló.

—Sí, debo irme anciano —contestó el tipo del traje gris, con tono firme.

—Por favor, no quiero perderle aún, me gustaría aprovechar más de su presencia. Ha pasado toda una vida conmigo, no quiero que esto acabe aquí —suplicó el viejo.

—Te equivocas anciano. No he sido yo el que ha pasado por tu vida, has sido tú. He vivido, sentido y pensado como tú has querido. Ahora ha llegado el momento, debo irme.

Emilio negó su mirada en un claro gesto de resignación. Apretó con fuerza los dedos, escondidos por las mangas del batín. Y dijo:

—Entiendo, tan sólo una pregunta... que espero me pueda responder —las manos del viejo, a medio cubrir, comenzaron a temblar— creo saber quién es —continuó— usted es... —y miró el reloj dorado que adornaba la muñeca de aquel tipo.

El tipo del traje gris asintió un par o tres de veces con la cabeza, de manera pausada y con un gesto de complicidad.

—No debes preocuparte por nada anciano. Lo has hecho lo mejor que has sabido. Ahora debo irme —guardó sus manos en los bolsillos y con parsimonia, comenzó a caminar. Emilio quedó desolado, cabizbajo, en aquel sofá de piel granate. Y observó con resignación la butaca, que había quedado vacía.

Las agujas continuaban susurrando, cada vez más lejanas. Tic-tac, tic-tac. Siempre girando a derecha. Nunca a izquierda. Escuchó el crepitar de los botines retirándose del salón. Entornó los ojos, empujó de nuevo sus gafas y esperó a oír el portazo que, definitivamente, vería marchar su tiempo.

Autobiografía

Aquellas no podían ser las manos de un escritor. Un Peter Pan treintañero con barba de tres días. Un peón de ajedrez caminando entre el blanco y el negro de unas damas. Un pez de agua dulce reptando por las piedras en un terrario. Un ratón de ojos rojos buscando aire contra el cristal de una pecera. Así se sentía Jean Paul.

Viviendo literalmente de rodillas, como lo hacían los tres acuchilladores de parqué en aquel cuadro de Caillebotte. Piernas y tobillos a merced de cualquier suelo. Zapatos boquiabiertos bajo el roto de unos pantalones. Pulmones aterrados por la soberanía del polvo. El desgaste de unos huesos que han quedado en el entarimado. La carne de unos dedos magullada por la dudosa nobleza de un roble. No, aquellas no podían ser las manos de un escritor.

«Respira hondo. No te achiques. Acaba tu jornada, ya queda menos para que llegue el momento», se repetía Jean Paul, día tras día.

Y la perseverancia daba paso a ese momento. Ya en casa, se toca las rodillas. Se mira las manos. Ve unos índices que tuercen hacia fuera. La herida que sangra en su meñique tullido. Unas huellas que se intuyen, borradas en sus yemas.

La rendición de unas uñas que han visto caer su bandera. No, desgraciadamente, éstas no pueden ser las manos de un escritor —piensa, mientras cierra los ojos e imagina las primeras letras que escribirán su enésimo relato, al que titulará «Autobiografía».

El señor
Damián

Después de la muerte de mi padre, el señor Damián era lo único que me ataba a aquella residencia de ancianos. Lo conocí un buen día mientras llegábamos del paseo lento y rutinario de los miércoles por la tarde. Se cruzó con nosotros en el pasillo —mostrando una gran vitalidad a pesar de sus ochenta años— y me dijo: «Lo mejor de ser un viejo es poder ver cumplido el sueño de salir con zapatillas a la calle» y, acto seguido, me ayudó a empujar la silla en la que llevaba a mi padre. Mientras subíamos por la rampa eché un discreto vistazo a sus pies. Lucía unas zapatillas azul marino de andar por casa con el bordado de un ancla. No pude evitar reírme. Quizá fue una manera un tanto absurda de entrar en nuestras vidas, pero, si ese era su propósito, lo había conseguido con creces.

El señor Damián no vivía en la residencia, cosa que me sorprendió, puesto que todas las tardes lo veía pasear con total soltura por el salón, el comedor, la sala de televisión e incluso, algunos días, haciendo uso de la capilla. Me comentó, en una de las primeras conversaciones que tuvimos, que vivía a un par de manzanas de allí, pero que cuando enviudó, hacía ya unos diez años, tomó la decisión de invertir parte de su pensión en comer, pasar las tardes y cenar en aquella residencia, ayudando a otros «viejos» —como se empeñaba en llamarlos— que estaban más «cascados» que él, decía en tono entrañablemente burlón. Durante más de año y medio estuve coincidiendo con él, tarde tras tarde. Lo solíamos encontrar charlando o jugando al dominó con otros ancianos y la mayor parte de las veces venía a rompernos el silencio alegremente con sus chascarrillos y sus ingeniosas ocurrencias. Se convirtió, con el paso de los meses en, prácticamente, la única persona que era capaz de hacer reír a mi padre. Mis hijos ya apenas querían ver a su abuelo y venían una vez al mes, y a regañadientes. «Es que el abuelo no habla, siempre duerme...», decía el pequeño. Y, en parte, tenía razón; mi padre había entrado en una situación de monotonía inerte que sólo se veía alterada por la presencia del señor Damián, que —con sus bromas de «viejos»— era el único que conseguía sacarle alguna pequeña sonrisa.

Al morir mi padre, en ningún momento me planteé volver a aquella residencia con otra intención que la de recoger la ropa y los pocos objetos que de él guardaban en recepción, pero una vez allí, mientras husmeaba dentro de la bolsa para seleccionar lo que conservaría y lo que, muy a mi pesar, haría desaparecer, reparé en la silueta que reposaba de pie cercana a los ventanales. Aquel anciano adorable, con pantalón de pinzas y jersey de pico, observaba en zapatillas cómo unos chavales alborotados jugaban al fútbol.

Cerré la bolsa y, de manera pausada, me acerqué.

—¿Qué tal vamos, señor Damián?

—Estos chiquillos no saben patear un balón —me contestó sin apenas mirarme y con las manos metidas en los bolsillos.

Así empezaban casi todas sus conversaciones, como si lleváramos ya un buen rato hablando. Ni «buenos días» ni «buenas tardes». El señor Damián continuaba una conversación con lo primero que le pasaba por la cabeza, independientemente de lo que tú le hubieras preguntado. Y en esta ocasión me habló de fútbol.

Cuando llevábamos casi una hora charlando de delanteros centro y de partidos memorables de la época franquista, me percaté de que su reloj estaba atrasado.

—Tiene usted mal la hora, señor Damián —le dije con tono suave aunque cortando la conversación.

—No puede ser, si la he regulado esta mañana —contestó extrañado, haciendo un gesto como si girara la ruedecilla de su reloj—. Entonces, ¿qué hora es?

Lo vi tan vulnerable que yo mismo le cambié la hora.

—Son las seis, ¿quiere que le invite a un chocolate? —me apetecía charlar un rato con él, aunque temía una de sus imprevisibles repuestas.

—¿Un chocolate? —se le iluminó la cara—. Hace mucho tiempo que no tomo un chocolate... años, diría yo.

No dijo ni que sí ni que no. Se limitó a coger la chaquetilla que había en una butaca cercana y caminó hacia la calle despidiéndose con la mano de los ancianos que allí quedaban. Era un tipo peculiar, de veras.

Salimos de la residencia, yo, con las pocas cosas que pensaba conservar de mi difunto padre y el señor Damián, con una sonrisa de oreja a oreja y las manos guardadas en sus bolsillos. Anduvimos por Mallorca, hacia la Sagrada Familia. Conocía una cafetería no muy lejos de allí donde, con toda seguridad, saborearíamos un buen chocolate. Nos sentamos en la terraza, desde la que se observaba la plaza. No más de seis mesas convertían aquel lugar en un rincón plácido. Pedí dos chocolates calientes y nos mantuvimos unos minutos en silencio, degustando el contenido de nuestras tazas.

Transcurridos unos minutos, cruzó una pareja de turistas por delante de nosotros. Él, que la agarraba por la cintura, un tipo bajito, feo —realmente feo— y un tanto desaliñado. Ella, dejándose sobar, una chica alta, sumamente guapa y vestida exquisitamente. Ambos miraban hacia la fachada de la basílica, compartiendo sus impresiones e ignorando por completo nuestra presencia.

—¿Sabes dónde está el truco? —dijo de pronto.

Vacilé por un momento.

—Perdone, señor Damián, no le entiendo —me supo mal cortarle, pero no sabía a qué se refería.

—¡El truco! —contestó un poco alterado y señalando con la mirada a aquella pareja que se alejaba cuesta arriba—. Que un hombre tan feo tenga como mujer a ese monumento tiene que existir algún truco, ¿no es cierto? —aclaró ahora ya más relajado.

—Pues no tengo ni idea, la verdad —sentía curiosidad por averiguar adónde nos iba a conducir aquella conversación.

El señor Damián pensó un instante y con el talante con que lo haría un maestro con su discípulo, dijo:

—La mayor parte de las veces no somos como nos ven, sino como nos vemos. ¿Me explico? Es posible que aquel hombre de nariz grande y pelos de pincho —continuó, esbozando media sonrisa—, se sienta un guaperas. Y que ella, por el contrario, con su larga melena rubia y sus curvas de infarto, cuando se contempla reflejada en su espejo no vea lo mismo que tú y yo acabamos de ver. Vaya, que la pareja que has visto pasar no es lo que tú crees, sino lo que ellos creen. ¿Me entiendes?

La verdad, no entendí nada. Pero asentí con la cabeza.

—¿Qué edad tienes, hijo?

—Cuarenta y cinco —respondí.

—¿Con cuántas mujeres has estado?

La conversación se me empezaba a ir de las manos.

—No sé... —resoplé entre risas— cinco, quizá seis.

—Me refiero a con cuántas mujeres te has besado. A mis más de ochenta años, te puedo decir que he hecho el amor con más de veinte mujeres, pero lo que más echo de menos es besarlas. Mirarlas fijamente, hacerles bajar la guardia y atacar con un beso. Cuando era joven tenía una mirada matadora. —No pude evitar reírme—. ¡No te rías, no, que es verdad! Las miraba y conseguía que leyeran mis pensamientos, con tan sólo mirarme a los ojos. Siempre funcionaba.

Continuamos conversando, de manera agradable y simpática, sobre amoríos y ligues de los años cuarenta durante más de una hora.

—Recuerdo mi primer beso —me dijo. Yo intentaba imaginarlo en su etapa adolescente, según me iba hablando—. Fue con la Enriqueta, la hija del panadero. Es una vecina del barrio, vive cerca de aquí, en una de aquellas casitas que hay en el doscientos noventa y tres de Castillejos, tocando Rosellón. Nos vemos bastante a menudo. A día de hoy no hay semana que no pase a visitarla.

Aquel lugar estaba muy cerca de la residencia. Pensé en la suerte, o quizá en el destino, que los había vuelto a situar a uno tan cerca del otro.

—Cómo pasan los años… —se lamentó el señor Damián.

Cuando miré la hora eran ya cerca de las ocho y se aproximaba la hora de la cena.

—Deberíamos ir tirando, señor Damián —le dije mientras me levantaba de la silla.

Empezaba a oscurecer cuando recorrimos de nuevo la calle Mallorca y me despedí de aquel anciano entrañable a las puertas de la residencia. No hubo apretón de manos, tan sólo un «¡quizá vuelva mañana!» que salió de mis labios. Y un gesto con la cabeza y manos en los bolsillos por parte del señor Damián, a modo de despedida.

Ya solo, continué Castillejos arriba. No tenía por qué hacerlo, puesto que mi casa estaba hacia el lado opuesto, pero lo hice. Conforme me iba acercando a aquel número doscientos noventa y tres, pensaba en aquel muchacho Damián, en aquel seductor que hechizaba con la mirada; y lo imaginé con su verborrea, piropeando a Enriqueta bajo el balcón, en busca de ese ansiado beso. No difería mucho del actual, salvo que parecía un tanto más esbelto y todavía no calzaba aquellas cómodas y azules zapatillas de andar por casa.

Cuando llegué al portal, me detuve y levanté la mirada. Me gustaría explicaros que encontré a la señora Enriqueta, con su bata de rayas, regando las plantas o charlando con las vecinas asomada a ese balcón. Pero no fue así. Lo que mis ojos vieron fue la nostalgia de un edificio en ruinas, la resignación de un par de puertas y ventanas, tapiadas, y la tenacidad de una vida que resiste, entre recuerdos, para no ser demolida por la memoria.

Los libros que nadie quiere

El día en que cumplí seis años fue la primera vez que pisé el Mercado de Sant Antoni. Era un verano de finales de los ochenta y amanecía un domingo radiante. En casa me obligaron a ponerme los pantalones cortos de vestir, eso sí, con mis zapatillas deportivas que reservaban para los días festivos.

De camino, mi padre me insistió varias veces en que no me soltara de su mano, puesto que había mucha gente por los pasillos y me podría perder. Aquello hizo que mi mano se uniera cada vez con más fuerza a la de mi padre conforme íbamos llegando al cruce con Urgell. El bullicio del gentío que rodeaba el mercado contrastaba con la tranquilidad que se respiraba en las calles anexas. Disfrutamos de un rápido desayuno en el café Els Tres Tombs; todavía recuerdo el sabor de aquel *donut* mojado en el batido de cacao. Cruzamos en el semáforo y mi padre volvió a recordarme el riesgo que corría si nuestras manos llegaran a soltarse.

Nos adentramos entre las paradas del mercado en sentido inverso a las agujas del reloj, siguiendo a la mayoría de la gente. Excepto algunos osados, que se abrían paso en sentido contrario con la firme intención de acortar camino.

Nos detuvimos tan sólo un instante en el primer chaflán. Recuerdo aquel momento como si hubiera sucedido ayer. Un muestrario infinito de cómics de Spiderman, tebeos de Mortadelo y cromos del Campeonato de Baloncesto del ochenta y siete. Hubiera permanecido allí todo el domingo, pero mi padre tiró de mi brazo para continuar adelante. Mi cabeza quedaba prácticamente a la altura de los libros viejos y las películas en VHS. Nos paramos otro instante, esta vez más largo. Mi padre echó una ojeada entre los títulos de las películas de vídeo y compró una en la que salía una mujer vestida de rojo, de la cual estuve enamorado durante varios años. La tendera se la entregó en una bolsa de plástico junto al cambio, unas cuantas pesetas, y volvimos a transitar entre aquel popurrí de coleccionismo dominguero.

Cruzamos con paso ligero por delante de los juegos de ordenador. Atrás quedaban los casetes de Batman y los *joysticks* con tres botones. Deduje, por la velocidad de nuestros andares, que no saldría de allí con un mando o un videojuego.

De pronto, nos volvimos a detener. Enfrente tenía un catálogo de chapas de refrescos. Nunca había barajado la opción de coleccionar chapas de refrescos. Cervezas y limonadas de todas partes del mundo. Acerté a ver una importada de China o Japón, no sé, porque era de color rojo y con letras de estilo oriental. En mi clase había un niño que guardaba tapones de plástico, pero aquello me gustaba mucho más. Justo al lado, una gran caja de cartón que contenía cientos, o quizá miles, de calendarios, ordenados alfabéticamente e indexados, con cartelitos rotulados, por el año que mostraban tras la foto. Conseguí que mi padre me comprara uno del Barça, con el dibujo de un abuelo con barretina vestido de azulgrana. Me sorprendió ver que el tendero no le cobraba nada a mi padre por aquel calendario.

—No me des nada Agustí —le dijo el tendero a mi padre—. Este te lo regalo, por ser del Barça. Porque eres del Barça, ¿verdad, chaval? —esta vez se dirigió a mí.

—Claro —respondí mostrándome, sin quererlo, incómodo.

—¿Y cuál es tu jugador favorito? —insistió el tendero.

—¡Lineker! —contesté, ya con más confianza.

—No tiene mal gusto el chaval —dijo el tendero ahora dirigiéndose a mi padre. —¿Adónde lo llevas, al sótano?

—Sí. Bueno, aún no sabe nada, es un secreto —contestó mi padre, hablando en voz baja, mientras yo disimulaba mirando una colección de sobres de azúcar.

El tendero me miró y me dijo:

—Te gustará, chaval, ya verás como te gustará —y se despidió de mi padre y de mí con una sonrisa de oreja a oreja.

Terminada esta conversación dejé pasar unos minutos.

—¿Qué es el sótano, papá? —no pude evitar preguntar.

—Tranquilo, no es nada malo. No sabía que estabas escuchando. Estamos a punto de llegar. Quiero que sea una sorpresa. Y no preguntes más.

Cuando mi padre decía «y no preguntes más», quería decir que difícilmente soltaría prenda. Con lo cual decidí no perder tiempo ni malgastar saliva, aunque ganas no me faltaron.

Mi mente se dispersó intentando descubrir a qué lugar pretendía llevarme mi padre. Yo confiaba plenamente en él, pero que me condujera hacia un sótano no me transmitía muy buenas sensaciones. El caminar lento de la gente y el hecho de que mi vista no alcanzara a ver más que sus propios traseros me hacía sentir cierto agobio. Paramos un par de veces o tres más durante los siguientes quince minutos. Un pequeño disco de vinilo de Joan Manuel Serrat y otro un poco más grande con música disco del momento fueron a parar dentro de la bolsa, junto a la mujer del vestido rojo. Pero yo continuaba obcecado en averiguar adónde me llevaba mi padre.

Al girar la esquina de Manso pasamos una, dos, tres paradas del lado de la fachada del mercado y, cuando llegábamos a la cuarta, mi padre aminoró el paso hasta que finalmente nos detuvimos frente a una montaña de libros antiguos. Un cartel donde rezaba «El Sótano» se podía leer detrás del mostrador. El librero se levantó lentamente de una de sus esquinas.

—¡Buenos días, Agustí! Por fin te has decidido... —saludó el librero, un tipo panzudo con camisa a cuadros.

—Hoy cumple seis años —respondió mi padre con media sonrisa.

—La edad perfecta —dijo el librero guiñando ambos ojos, primero el derecho y acto seguido el izquierdo.

—Adelante, pues —dijo mi padre correspondiendo al librero con el mismo juego de guiños y la boca entreabierta.

Bajó la cabeza y, soltándome la mano, me dijo: «En un par de horas pasaré a recogerte, mientras tanto yo permaneceré en el lugar donde esperan los mayores». De pronto bajó el tono de su voz y, cogiéndome con fuerza por los hombros, continuó: «Recuerda esto, hijo, lo que verás en cuestión de minutos no está al alcance de cualquiera», y me acompañó con un pequeño empujón hasta introducirme justo detrás del mostrador.

Allí detrás lo perdí de vista. Levanté la cabeza intentando ver por encima de aquella montaña de libros, pero era demasiado alta. De pronto, el librero comenzó a retirar cajas del suelo, apartándolas a un lado. Cajones que contenían postales y fotos antiguas. Justo debajo, oculta bajo las cajas, descubrió una trampilla. La levantó con sus gruesas manos, haciendo chirriar sus bisagras y, después de pedirme que estuviera tranquilo, me hizo descender de espaldas por la escalera. En el momento en que mis pies buscaban el último escalón, la luz que dejaba entrar la trampilla desapareció.

Cuando me di la vuelta, vi un lugar iluminado, tenuemente, por mortecinas bombillas incandescentes. Aquel sótano desprendía un fuerte, pero agradable olor a papel mojado. La humedad erizó la carne de mis piernas. Mis ojos aún no se habían adaptado a la falta de luz cuando escuché lo que parecían ser las risas de unos niños. Caminé hacia el rincón de donde provenía aquel alborozo. Tres críos, uno o dos años mayores que yo, aprovechaban el resplandor de una de aquellas luminarias para jugar e intercambiar cromos de un tal Larry Bird y otros jugadores de la liga americana de baloncesto.

—Hola... —interrumpí tímidamente.

—¡Hola! ¿Traes cromos? —preguntó uno de los críos, el que parecía más espabilado.

—No. Bueno, sí. Pero son de la liga española.

Aquel fue mi primer domingo. Permanecí allí un par de horas, jugando con los tres niños, descubriendo las posiciones y los dorsales de aquellos americanos de más de dos metros. Un domingo tras otro se fueron sucediendo a lo largo de mi infancia. Conocí, en aquel sótano, a centenares de niños, dispuestos durante todas aquellas mañanas a jugar con cromos, coleccionar monedas y leer tebeos o libros.

Pasados un par de años fue cuando leí mi primer libro. Me lo entregó un crío vestido de pirata. Se acercó a mí y me dijo: «Toma, es de Robert Louis Stevenson. ¿Te gustan las novelas de marineros?». Aquel niño de ojo parcheado, de apenas doce años, se alejó cojeando como si llevara una pata de palo. Aquella misma mañana me senté bajo la luz de una de aquellas polvorientas bombillas y, entre cajas repletas de libros antiguos, empecé a caminar con Jim en busca del tesoro del capitán Flint. Lo devoré en tan sólo dos domingos.

A ésta, le siguieron, domingo tras domingo, todo tipo de aventuras. Llegué a dar la vuelta al mundo de la mano de un tal señor Fogg y de su inseparable Picaporte. A surcar los mares a bordo del ballenero *Pequod*, haciéndome llamar Ismael. Perdí la cabeza por amor, como sólo lo puede hacer un Montesco por una Capuleto. Siempre envuelto entre la humedad y el olor a páginas vivas que desprendía aquel sótano.

Al igual que yo, decenas de chavales se acomodaban debajo de aquellas bombillas, sentándose en el frío suelo de cualquier rincón de aquel oscuro sótano para seguir leyendo las historias que habían dejado pendientes o para descubrir otras nuevas.

Un buen día, vestido yo de mosquetero, me acerqué a uno de los pequeños y, espada en mano, le ofrecí una novela.

—¿Te gustan las novelas de mosqueteros? —le dije, antes de regalarle aquel libro de Dumas y desaparecer, entre saltos, cortando el aire con mi florete.

Durante el transcurso de los años, algún niño mayor que yo me dijo que a aquel sótano sólo llegaban los libros que nadie quería, los que, después de permanecer invisibles en los tableros de las paradas, acababan sepultados en cajas y abandonados en aquel sótano. No me lo tragué. Durante todos aquellos años me mostré incrédulo ante aquella idea, a mi parecer, absurda. No podía existir tanto ciego allí arriba. Nunca llegué a creer que Mark Twain o Jack London pudieran haber acabado en el fondo de una caja mojada por haber pasado inadvertidos en alguna parada de mercado. La historia fue pasando, como los libros, de adolescentes a críos; y de la misma manera, cuando estos últimos llegaban a la adolescencia volvían a contárselo a los recién llegados.

Hoy puedo afirmar que estaba en lo cierto. Mientras aguardo impaciente la salida de mi hijo, junto a los que en otro tiempo fueron también críos y compañeros de aventuras, examino y escojo, uno a uno, los libros que deben bajar a ese sótano. Y lo hago desde el lugar donde esperan los mayores que, domingo a domingo, se empeñan en conseguir que allí abajo se continúe soñando.

La escalera

Bajo por la escalera, apenas ocho peldaños, muy lentamente. Primero apoyo mi bastón, luego el pie derecho en el mismo escalón y momentos después el izquierdo. Y así un escalón tras otro. Tardo una media de veintiocho segundos por escalón. En total unos doscientos veintisiete segundos, lo que vendrían a ser casi cuatro minutos. Si hubiera bajado por esta misma escalera cincuenta años atrás, o incluso treinta, lo hubiera hecho en menos de diez segundos. Entonces era un hombre joven y tenía toda una vida por delante... Qué contradictoria es esta vida; cuando menos la valoras, te da agilidad y rapidez para disfrutar del momento, en cambio cuando ves llegar su fin, hace que te muevas lento y torpe. Quién sabe, quizá tenga miedo de que salga corriendo y escape.

Prisionero

Despertó después del impacto con la primera esquina. Aún aturdido, ataviado con su uniforme anaranjado, nunca sabría qué le había llevado a estar encerrado entre aquellas cuatro paredes sin ventanas. Echó un vistazo hacia la parte baja, pero la oscuridad y el caos apenas dejaban entrever un maltrecho suelo de moqueta. Lo rodeaba un mundo de recuerdos que no le resultaban, para nada, familiares. Relojes para los que el tiempo ya no valía dos duros dormían abrazados a sus manecillas oxidadas. Una especie de campo de batalla, donde las sotas de Fournier se batían en duelo con los pálidos peones de un ajedrez que hacía ya mucho que habían perdido su última partida. Pero Bruno nada recordaría de todo aquello.

Perdiendo el control, golpeó su costado izquierdo contra la siguiente esquina. Grandes muros de madera lo observaban, con el talante de unos caballeros medievales a las puertas de un castillo, que impedirían por todos sus medios la presagiada huida. En aquel momento, comenzaron a caer imágenes, personas que desconocía empapaban su cabeza, niños, adultos, ancianos, por mares o montañas, en colores, vivos o apagados, blancos o negros, una lluvia de fotografías que nada tenían que ver con su propia vida, inundaban un lugar que cada vez olía más a rancio y a las bisagras enmohecidas del único portón que retrataba la libertad.

—¿Pero qué hay allí fuera? —se preguntó Bruno.

Prisionero o no, se encontraba en un mundo ajeno, un mundo olvidado, un mundo de *déjà vus* donde el futuro y el presente son lo mismo y el pasado no importa.

Empezaba a encontrarse cansado, su boca se abría y cerraba en busca de aliento. Un respirar entrecortado hacía girar una bailarina, que incansable, practicaba sus pasos de ballet entre pendientes, anillos y gargantillas. El agobio comenzaba a invadir su cuerpo. Cada vez se le costaba más esfuerzo respirar el poco oxígeno de aquel lugar. Aún flotaban los ecos de la suave voz de un tal Lennon, que algún día había brotado de un vinilo de imaginaciones, provocando el contoneo de alguna adolescente de los setenta.

Unos ojos hinchados querían saltar de sus cuencas, y en ellos, unas pupilas desordenadas especialistas en perder momentos. Mientras, continuaba con su afán de recordar. Todo ese esfuerzo sería en vano, nunca lo lograría.

Divagando entre los fallos de su memoria buscaba una salida, en otro intento más por escapar de aquella cárcel que era su cabeza, que al igual que una muñeca rusa, se perdía dentro de aquella otra jaula que lo tenía preso, perdido, asfixiado. Llegaba un punto en el que Bruno, deshidratado, comenzaba a perder los sentidos, pero aún pudo escuchar el crujir de la tarima, y que a lo lejos, alguien se acercaba.

En otro esfuerzo por salir de allí, de un salto rebotó contra la tercera esquina.

De pronto, todo empezó a tambalearse, ya no oía nada y apenas podía vislumbrar difusas manchas que en forma de libretas o diarios, albergaban, entre espirales, los deseos que algún chaval habría anotado para poder tachar una vez cumplidos. Bruno no tenía sueños, nunca los había tenido. Aunque ahora, ya no importaba, sucumbiría asfixiado dentro de aquella prisión sin ventanas que lo estaba viendo morir.

Permaneció unos instantes reposando su agotada cabeza sobre la cuarta esquina cuando un fuerte destello de luz lo cegó por completo. La puerta se abrió y con la fuerza de un gigante, una mano atravesó aquel resplandor y con la ternura de una princesa lo recogió de su lecho. Aquellos dedos fuertes envolvieron todo su cuerpo, mientras lo elevaban por los aires.

—¡Estoy muerto! —pensó.

De pronto, aquella mano se abrió y lo dejó caer en picado.

Todo pasó muy rápido, en tres segundos, los que tardaría en olvidar.

En un chapoteo, el agua penetró por todas sus branquias y humedeció sus escamas, volvió a desplegar sus aletas y se sintió vivo de nuevo, volvía a nadar en su esférico mundo. Y entre cofres del tesoro y palmeras de atrezo, olvidó que un día quiso escapar de su pecera, cayendo prisionero de aquel viejo baúl de objetos olvidados.

Julia
y
Marta

El respirar de Julia empañaba los cristales de aquel tren de cercanías. Sus contraídas pupilas, ocultas tras unas gafas de pasta, no dejaban de dar bandazos de izquierdas a derechas a la salida del túnel. Pensamientos que, tras un par de ojos negros, se perdían en los edificios laterales. Entre historias de amor incompletas y el sabor de unos besos agridulces. Un corazón resignado a vivir en solitario, a quererse por encima de cualquier hombre. Desengaños enmarcados bocabajo que no han servido para nada. Así lo veía ella.

La relación con Pere en las últimas semanas no andaba del todo bien. Muchos tira y afloja sin llegar a un entendimiento habían hecho que Julia estuviera a punto de arrojar la toalla.

El tren llegaba a la estación de Sant Andreu y los rayos de sol daban las buenas tardes a pasajeros y viandantes. Julia, sumida en sus pensamientos, se apeaba de uno de los vagones traseros. No más de dos dedos de tacón comenzaron a caminar con paso elegante por la calle del Segre, pasando por la plaza de Orfila y dando la espalda a la parroquia de Sant Andreu de Palomar hasta sentarse en uno de los bancos que rodean la plaza del Comercio. Allí, un grupo de castellers preparaba posiciones para levantar alguno de sus castillos humanos. Su amiga Marta debía de estar a punto de llegar. Habían quedado a las ocho, aunque sabía que no sería puntual. Nunca lo había sido.

Julia estaba ya cansada de conocer chicos. Con Pere todo empezó bien, parecía un buen tipo. Pero con el tiempo, que todo lo pone en su sitio, fue cambiando de cara, mostrando su lado más egoísta. Empezó a ocupar su tiempo libre en quedadas con amigos, algunas veces programadas y, otras, dudosamente improvisadas. Algún día había llegado a llamar media hora antes para cancelar su cita con Julia, con la consiguiente decepción de esta, que comenzaba a dudar entre si le odiaba o, lo que quizá era peor, le añoraba. En estas últimas semanas apenas se habían visto un par de veces. Reuniones de trabajo que Pere sacaba de la manga a última hora. La desidia de una relación que se difuminaba. Un descanso, un «darnos un tiempo» que los estaba separando cada vez más. A pesar de todo, cuando pensaba en él, tan sólo le venían a la cabeza las cosas buenas. Su sonrisa socarrona, el olor varonil de su cuello o la fuerza de sus antebrazos. Ya no pensaba en lo poco que le gustaba verlo con las camisetas sin planchar, con aquellas horrendas chancletas de verano o echando limón exprimido a los *gin-tonics*. Julia detestaba el sabor a limón.

Marta estaba al caer. Julia tenía ganas de reencontrarse con ella y hablar de sus cosas. Echarse unas risas y poner a los hombres de vuelta y media. Era muy despreocupada y tenían poco en común, pero su manera de ver la vida siempre le aportaba algo positivo. De pronto, la vio aparecer subiendo con su moto encima de la acera. Justo marcaban las ocho y quince minutos en el reloj de pulsera de Julia.

Marta creía saber cómo dominar a los hombres. Después de una larga relación de casi diez años, llevaba dos años soltera. Guapa, rubia y socia de un importante despacho de arquitectos del centro de Barcelona, intentaba aprender de los errores sin lamentarse demasiado. Con la separación, había encontrado aire nuevo. Actualmente tenía una relación con Xavier, socio del mismo despacho. Aunque sabía que no iban a aguantar mucho tiempo juntos, por el momento prefería continuar con él. En cierto modo sentía un poco de pena. Xavier era un gran tipo, muy buena persona. Una de esas personas por las que pondrías la mano en el fuego sin miedo a quemarte, pero había perdido su encanto. Aquel encanto que tan sólo duró un par de noches, pero que sin apenas darse cuenta se había convertido en una relación que ya rondaba el medio año. Xavier tenía muchas cosas buenas. Era un tipo servicial, con ella y con los demás. Bastante guapo. La gente decía que se parecía a un actor famoso, aunque Marta nunca le había visto el parecido. También tenía sus cosas malas. Según Marta las que más. A ella no le gustaba que fuera tan vergonzoso, le hacía parecer ridículo. Tampoco le gustaba cómo le quedaban los pantalones de vestir, tenía las caderas demasiado anchas. Y detestaba su manera de tomar el café: con mucha leche y cuatro gotas de café. Ella odiaba la leche.

Marta bajó de la moto, se despojó del casco dejando su melena suelta y sonrió a Julia, que la esperaba justo enfrente, junto a los bancos. Se dieron un fuerte abrazo, seguido de varios besos sonoros. Se miraron mutuamente de arriba a abajo.

—¿Qué tal, nena? Estás guapísima… —dijo Marta gesticulando con los brazos.

—¡Eso tú! ¡Tú sí que estás espectacular con esa melena rubia! —respondió Julia entre risas.

—Ay… deja de hacerme cumplidos que me voy a ruborizar.

—Ya que nuestros novios no nos los hacen… tendremos que piropearnos entre nosotras, digo yo.

—Pues mira, tienes razón —corroboró Marta, alegremente—. ¿Bueno, qué hacemos? ¿Tomamos algo en el Versalles?

Y entraron en el Bar Versalles mientras contrastaban opiniones sobre tintes de pelo y flequillos recortados, dejando atrás un tembloroso castillo humano que ya pasaba de los cuatro cuerpos de altura.

Las lámparas colgaban, con sus bolas de cristal, proyectando una cálida luz a las bronceadas columnas de aquella cafetería. El griterío de la clientela no impedía escuchar un clásico de Louis Armstrong que sonaba por los altavoces. Y un reloj de esfera colgado, al estilo de una antigua estación de tren, marcaba las ocho y veinte. Las dos amigas buscaron una mesa cercana a los ventanales.

—Cuánto tiempo nena… —dijo Marta con media sonrisa, mirando a Julia a los ojos mientras ésta tomaba asiento y colgaba el bolso en el respaldo de la silla.

—¡Uf! Un montón. Pues... cerca de un par de meses —contestó Julia acabando de colocar bien ese bolso.

—Bueno, si no recuerdo mal... la última vez que nos vimos fue en aquella cena en el Born con Xavier y Pere. ¿No?

—Cierto, cierto. ¡Qué bien lo pasamos! —dijo Julia mordiéndose ligeramente el labio y gesticulando con la cabeza—. ¿Y qué tal? ¿Cómo lo llevas con Xavier? A mí me pareció un gran tipo.

—Y lo es, pero...

—Uy... ese «pero».

—No, no, si estamos bien. Pero ya no tiene aquella chispa de los primeros días. Es todo como muy aburrido. Y no creo que cambie. Es más, cada vez está más apalancado el pobre. ¿Y tú con Pere? —continuó Marta—. Tuve una reunión con él hace unos días. Por motivos de trabajo, no vayas a pensar mal...

Julia quedó pensativa, tomándose unos segundos antes de contestar.

—Bien... Bueno, no muy bien la verdad. Hace una semana que no nos vemos. Nos estamos dando un tiempo.

—¡No me digas, nena! ¿Y por qué no me habías contado nada?

—Mira, no quería agobiarte otra vez con mis historias.

—Pues no lo vuelvas a hacer, ya sabes que a mí no me agobian tus historias. Las amigas estamos para lo bueno y para lo malo —le recriminó Marta.

—Esto no lo he hablado con nadie, pero creo que está con otra —dijo Julia bajando el tono de la conversación.

—¿Y qué te hace pensar eso? —preguntó Marta con un claro gesto de atención.

—No sé. La verdad es que tengo motivos para desconfiar. Ha dado un cambio muy brusco en este último mes. Y creo que no me lo cuenta todo. No sé con qué amigos va, si hay chicas en el grupo ni a qué horas llega a su casa. Creo que lo estoy perdiendo.

—No seas negativa. Los tíos son así, lo dan todo para conseguirte, pero cuando te tienen se relajan y empiezan a hacer estas cosas. Necesitan estar con otros tíos para darse cuenta de cuánto te echan de menos. No tengas la menor duda de que volverá contigo.

—¡Bah! Tampoco quiero obsesionarme con el tema. Con treinta tacos ya empiezo a tener las cosas más claras. Y si no quiere estar conmigo, pues que no lo esté. Mejor sola, mira qué te digo.

—Te regalo a Xavier.

—No seas tonta... —contestó Julia soltando una carcajada.

—¿No me dijiste que te recordaba a aquel actor?...

—Déjate de bromas. Además a mí me pareció un buen tío, ya te lo he dicho —respondió Julia viendo llegar al camarero que les tomaría nota.

El camarero era un muchacho que no pasaba de la veintena que, libretilla en mano, cortó la conversación.

—Disculpen, ¿qué van a tomar, señoritas? —preguntó el joven camarero.

—A mí me pondrás un *gin-tonic* —contestó Marta.

—¿Ginebra a estas horas? Estás fatal... —dijo Julia entre risas—. A mí ponme un café solo —y matizó—, que sea largo, por favor.

—Gracias —contestó el joven antes de dar media vuelta.

Marta, que se había quedado pensativa, volvió a llamar al camarero que se dirigía hacia la barra.

—Perdona, ¿te importaría exprimir un chorrito de limón en mi ginebra?

Julia volvió a morderse el labio, esta vez con rabia, mientras perdía su mirada viendo cómo aquellas siluetas, que continuaban formando castillos en la plaza del Comercio, se resistían a desmoronarse.

Tampoco
era ella

Creí reconocerla aun teniéndola de espaldas. Su media melena castaña deslumbraba al reflejar en las latas de conservas de las estanterías. Cogió uno, dos, tres botes de algo que no pude distinguir, y los dejó caer en la cesta. Mientras, sin mostrar ningún tipo de prisa, continuó contemplando los productos ordenados de los estantes.

Y allí estaba yo, escondido tras los paquetes de pasta. Observando a través de los agujeros de los macarrones. Inmerso en un mar de espirales y fideos del número cero, sabiendo que tarde o temprano tenía que suceder.

Me pasa a menudo. Cuando pienso mucho en una persona, al poco tiempo —puede ser cuestión de instantes, horas o quizá días— se cruza en mi camino o recibo su llamada. Aunque esto no me ocurre siempre, sí gran parte de las veces. Dependerá de la intensidad o del empeño que ponga en ese pensamiento, supongo, puesto que no entiendo de destinos. En esta ocasión cuarenta y ocho horas habían sido suficientes para encontrarla delante de mí.

La vi por primera vez hace un par de días, en la oficina de correos donde trabaja. Allí, ayudada de una pequeña escalera, ordenaba los sobres en sus correspondientes casillas, sobres de diversas formas y tamaños. Parecía haber salido de uno de aquellos paquete regalo, remitida desde el mismísimo cielo. Ensobrada en una camisa blanca y con una media melena como sello de presentación, me cautivó. La escuché hablar con su compañera mientras yo rellenaba los datos del envío. Su voz era dulce. Me hubiera encantado hablar con ella, entablar una conversación, preguntarle por sus aficiones, por sus sueños. Pero me conformé con tener el placer de poder escucharla. En raras ocasiones me había temblado el pulso. En ese momento, entre mayúsculas, dígitos y códigos postales remarcados en tinta azul, me temblaron las manos como nunca antes lo habían hecho. Levanté la cabeza y ella había desaparecido, quizá engullida por alguno de aquellos sacos repletos de cartas. Acabé de cumplimentar los impresos, se los entregué a la chica de la ventanilla. Y cuando rebuscaba calderilla en mis bolsillos para pagar el envío, allí estaba ella, de nuevo. La vi aparecer de entre los archivos y acercarse hacia mi posición. La miré, ella me miró —o al menos eso quise creer— y la vergüenza me bajó la mirada de un plumazo. «Maldita timidez», pensé. Y me despedí con un breve y tonto «hasta luego», mientras ella seguía conversando con aquella compañera de la ventanilla.

No hago más que pensar en ella, en su pelo, en sus ojos, en su voz. Aquella dulce voz que hoy continúo escuchando. Envidio al afortunado que recogiera aquellas cartas que ella había encantado, embrujado. «Una bruja con cara de prin-cesa», pienso mientras sonrío. Hay caras que no se olvidan. Hay otras, en cambio, que pasan desapercibidas. Y otras que obsesionan. Caras de princesa que se desgastan de tanto recordar.

Había pensado tanto en ella que casi la conocía. No sabía su nombre, tampoco su edad ni dónde vivía, sólo sabía que era preciosa y que trabajaba en una oficina de correos. Tan sólo eso. Pero cuarenta y ocho horas son suficientes para que mi mente fabrique un amor platónico perfecto, sin defectos, sólo virtudes. ¿He dicho casi? Pues rectifico, estoy seguro de conocerla. Y allí estaba, todavía dándome la espalda, depositando con delicadeza un bote de mermelada de melocotón en su cesta de la compra.

Me acerqué, disimuladamente. «Posiblemente no me recuerde», pensé. Cuando anduve por delante de ella levantó la mirada. Era su pelo, su cuerpo, sus mismos movimientos, pero no su mirada. No era ella. En esta ocasión, aunque por unos instantes lo fue, no era ella.

Esto no me desalentó, al contrario, ahora estaba más cerca. Suele ocurrirme con frecuencia, también. Es uno de los trámites que hay que pasar para encontrar a la persona con la que has estado obsesionado. En el transcurso de estos dos días desde que la había conocido, era la tercera vez que me sucedía. Ocurrió lo mismo con la chica del semáforo. Parecía su hermana, su hermana gemela, la misma silueta, el mismo gesto, hasta que me miró. Y también me sucedió con aquella otra chica. Ahora no recuerdo el lugar. En este caso me di cuenta al momento y al igual que en la primera y esta última, tampoco era ella. No es que te hayas cruzado con la persona o personas equivocadas y que casualmente sean casi idénticas. Uno mismo es el que las imagina prácticamente calcadas. Puedes encontrarlas en cualquier lugar. Como aquella silueta luminosa que sigue resplandeciendo ante nuestros ojos, en forma de chiribitas, instantes después de apagar las luces de la habitación. Llegando a creer, por unos momentos, que aquella imagen realmente está allí o que has encontrado a aquella persona con la que tanto tiempo llevas pensando. Es algo que me lleva pasando toda la vida. Cuando volví a mirar a la chica de las latas de conservas, mi visión hacia ella había cambiado por completo, ahora, simplemente se le parecía. Y me atrevería a decir que ni tan siquiera eso.

Terminé mis compras. Cuatro estaciones embolsadas para ensalada. Champiñones esparcidos desordenadamente sobre una pizza a la carbonara. Algunos flanes y yogures, en inseparables packs de dos sabores. Cuando mi brazo sucumbió al peso de la cesta me dirigí a las cajas. Todas medio llenas menos la del fondo. La número ocho. De pronto y sin saber porqué, mi corazón comenzó a palpitar fuertemente, como lo había hecho un par de días atrás en aquella oficina de correos. Entendí que estaba dispuesto a no ponérmelo fácil. En la cola, una única clienta a la que estaban terminando de despachar. Me coloqué tras ella. Se giró, al notar mi presencia, y su mirada se topó con la mía.

—Hola —dije, aunque casi ni se me escuchó.

Era ella. Su pelo, su gesto, sus ojos. «Aquellos ojos», pensé. Me miró fijamente, como si me reconociera. Aguanté su mirada.

—Hola —sonrió.

Le correspondí. Pero volvió la cabeza rápidamente. Pagó, cargó su compra y, sin mediar palabra, se marchó.

Entendí que, posiblemente, yo fuera el primero o el tercero. O aquella brillante silueta que aparece en la oscuridad. O un maldito trámite que se ha cruzado en su camino. ¡Qué más da! Porque en esta ocasión —aunque por algunos instantes quizá lo fui— el que no era, era yo.

A bocajarro

Lo primero que pensé al ver aquel desalmado que disparaba a diestro y siniestro, fue que era un loco, un tipo sin sentimientos que no valoraba la vida de cuantos paseaban por los pasillos de aquel centro comercial. Eran cañonazos sordos, sin cascotes por los suelos ni olor a metralla. Nadie corría despavorido ni pedía socorro, era sin duda otra manera de matar, porque os aseguro que hay gente que dice morir después de recibir esos disparos.

Remuevo mi café, tranquilo, otra tarde más. Observo el tiroteo a través de los cristales de la cafetería. Otra tarde más. Doy un par de sorbos. No saltan vísceras por las escaleras mecánicas, ni se escuchan gritos, ni sangre salpicada en los escaparates. Pero él continúa apuntando con firmeza a sus víctimas y disparando a bocajarro, no suele fallar. No tiene piedad, adolescentes o ancianos, guapos o feos, en su mayor parte gente sola, que tarde o temprano acusarán las consecuencias de haber recibido de su medicina.

Todavía anda lejos. Nadie escapa a sus balas si él les ha echado el ojo. Y si por alguna casualidad consigues escapar, entonces sí, date por muerto. Se acerca, parece advertir mi presencia. Lo veo entrar con sigilo. Viene hacia mí, lentamente, levanta su brazo izquierdo y coloca su arma a tocar de mi frente. Me encañona y juega con el gatillo. Oigo sus dedos, dueños de ese clic, mientras cierro los ojos y noto el deslizar de las gotas de sudor que resbalan por mis sienes.

—¡Dispara por Dios! ¡Dispara de una vez por todas! Pero no me hagas sufrir más, te lo suplico.

Cuando abro los ojos veo su sonrisa burlona. Levanta el arma y se marcha sin disparar. Sigo sus pasos con la mirada, parece buscar otra víctima. Pienso volver mañana, otra tarde más.

—¡Maldito seas, Cupido!

El
Guerrero

«La vida es una batalla; para combatir se necesita fuerza y la fuerza es la virtud. Y ésta sólo se sostiene y aumenta con el cultivo espiritual.»

ANTONI GAUDÍ

A principios del siglo xx, cuando paraba yo en uno de los senderos pedregosos de esta nevada colina, se acercó a mí un buen hombre que venía de la ciudad. Caminaba con paso ligero y vestía, aunque de manera descuidada, con traje y corbata. No aparentaba más de sesenta años, a pesar de la frondosidad de las canas de su barba y de su aspecto desaseado. Lo vi aparecer de entre el resplandor de una de las grandes rocas blancas que se elevan, cual tornado, sobre la arena de esta cima. Cuando llegó a estar a tan sólo unos metros de mí, levantó la mirada y con voz firme me dijo:

—Si te haces llamar Guerrero, ¿por qué nunca te he visto pelear?

Reflexioné un instante, sin poder ocultar mi extrañeza, y contesté:

—No poseo espada ni escudo —echando un vistazo a la indefensión que mostraba mi cuerpo.

—Pero tienes un fuerte torso y un yelmo que te protege —contestó rápidamente.

Aquella afirmación y la seguridad con que la expuso hicieron sembrar mi duda.

—No sé, quizá no sea lo suficientemente fuerte como para luchar solo.

Me miró fijamente, observando mi alrededor y replicó:

—Posées un batallón de más de veinte hombres, ¿tampoco ellos pueden pelear?

A través de la hendidura de la visera, eché un vistazo a mis soldados. Eran tipos enormes, de gran envergadura, sin armas, pero con cuellos anchos y cuerpos fuertes como robles. Aun así me quedé sin palabras, ya que nunca los había visto luchar.

En los años venideros, no tuve noticias de aquel hombre desaliñado, que se marchó entre las dunas, dejándome sumido en mis pensamientos.

Desde aquel momento no he dejado de cavilar sobre aquella conversación, breve, pero lo suficientemente profunda como para ponerme en una encrucijada de dudas de la que todavía no he podido salir. No negaré que empezaba a sentir cierta incertidumbre sobre la existencia de mi supuesta valentía, y que ese hecho me impedía descansar. Comencé a velar, noche tras noche, buscando una respuesta, cuando las luces de una adormilada ciudad alumbraban, tenuemente, los arbustos y las piedras de esta calcárea colina. Desde allí abajo, en calles o avenidas, menestrales y burgueses —indiscretos testigos de mi malestar—, podían contemplar cómo mi silueta, encaramada a lo más alto de este rocoso cerro, buscaba inamovible esa respuesta al dilema que me atormentaba.

Una de aquellas largas noches decidí convocar a todos mis hombres. Formaban con firmeza ante mí, ocupando tanto las partes altas como las bajas de todos los caminos, organizados en pequeños grupos, en binomios e incluso, alguno más cauteloso, en solitario. Y ante el silencio de este mar de barjanes, les pregunté, sin más demora, si sabían pelear. Hubo murmullos bajo sus yelmos picudos, pero nadie se prestaba a contestar. Hasta que, finalmente, uno de ellos se pronunció:

—¿Por qué debemos saber pelear, capitán? —preguntó de manera inocente.

—¡Porque somos guerreros! —respondí sin más explicaciones.

El soldado, confuso, quedó pensativo y habló:

—Y si supiéramos luchar, ¿a quién declararíamos la guerra? En esta cima solamente vivimos nosotros. Y la ciudad que nos alumbra dista mucho de ser nuestra enemiga.

Noté la desgana de aquel corpulento soldado al que no le faltaba razón. No podíamos luchar entre nosotros ya que formábamos parte del mismo bando. Y los ciudadanos que vivían a nuestros pies eran aquellos a los que rendíamos pleitesía.

Si bien es cierto que éramos los únicos habitantes de este lugar, no siempre estábamos solos. En ocasiones, generalmente en días soleados, paseaba por la loma un matrimonio de burgueses, bordeaban con cautela los dos profundos despeñaderos que centran esta colina y caminaban ante mis soldados y ante mí con total atrevimiento. Aparte de ellos, esta cima también recibía otras indiscretas visitas, aunque de manera muy esporádica. Pasé largos años observando a estas personas, sin encontrar con quién pelear. Allí abajo, en la ciudad, todo se movía más rápidamente. Las calles se ensanchaban y la población crecía. Adinerados con traje y sombrero, no ajenos a mi presencia, se apeaban de sus carruajes y, acompañados de sus esposas, abrían sus paraguas ante el relinchar sumiso de los caballos. Muchos miraban hacia arriba, señalaban hacia mi posición de manera descarada y reían en tono burlón. Creí, sin duda, que comenzaban a notar mi ausencia de coraje.

Un día oscuro y lluvioso, poco después del amanecer, divisé la figura curva y delgada de un anciano que subía, de manera silenciosa, por los caminos ondulados de la ladera y se acercaba lentamente hacia mí apoyando su bastón entre los charcos. Lo reconocí, a pesar de que su apariencia, cual indigente, estaba muy desmejorada. Habían pasado más de quince años desde que lo viera por última vez. Apenas se tenía en pie, su barba se mostraba totalmente blanca y la locura se había apoderado de su mirada.

Se detuvo ante mí, con un abrigo negro que le llegaba hasta los pies el cual el agua había calado por completo. Y me dijo con voz trémula:

—¿Todavía no has peleado, Guerrero? —sus palabras desprendían sarcasmo.

—No —respondí—. He pensado mucho durante estos años, pero no encuentro oponente con quién luchar —maticé.

El anciano entornó los ojos y, apuntando con su bastón en dirección al mar, señaló, apenas a unos cientos de metros, un montón de rocas cristalinas que brillaban sobre la cima de una colina cercana.

—¡Observa, Guerrero! Aquello que allí reposa junto a la cruz blanca, ¿no es sino la figura de un gran dragón que mira acechante a tu pueblo?

Agudicé mi vista y divisé aquella figura de la que me hablaba el anciano.

—¡Estás en lo cierto, anciano! —respondí sorprendido—. Parecen rocas de cristal, ¡pero aquellas son sin duda las escamas verdes y azuladas de un gran dragón!

—¿Pues a qué esperas para luchar?

Quedé absorto ante el profundo respirar de aquel temible dragón y la belleza del resplandor de su cresta, mientras la silueta de aquel anciano volvía a perderse entre una cortina de lluvia y la sinuosidad de los caminos.

Pasaron los años, pero aquel dragón no enfurecía. Tenía un aspecto apacible y siempre dormía. El rugir de sus ronquidos, ignorantes de nuestra presencia, llegaba a todos los oídos de una ciudad que continuaba creciendo de manera progresiva. El pueblo parecía respetarlo, e incluso admirarlo. Y confiaba en que quizá, ante un posible enemigo, pudiera ser un buen guardián. Finalmente, viendo la quietud de la bestia, una de aquellas noches, hastiado ya de pasarlas en vela, decidí convocar nuevamente a mis apáticos soldados y comunicarles que cesábamos en nuestro empeño de declarar guerra alguna. Se alegraron con mis palabras. Entendí que, en el fondo, ninguno de ellos quería luchar.

Y así hemos continuado hasta hoy. Ha habido guerras y revoluciones, no lo negaré, pero, al igual que aquel dragón, nos hemos mantenido inmóviles respetando mi determinación. Ha pasado más de un siglo. Los carruajes han dado paso a grandes coches. El ruido del tráfico ensordece noche y día. Mujeres y hombres pasean con gracia por las anchas aceras. La ciudad se ha hecho grande; y su gente, que hace ya tiempo que camina entre los matojos y las rocas nevadas de esta imponente colina, nos señala, ahora con admiración, y ya sube por este lugar. Ciudadanos y forasteros se acercan a nosotros, fotografían el momento y hablan con los chiquillos. Les explican historias, historias de familias burguesas, familias adineradas que habitaban bajo extrañas chimeneas de piedra y mágicas azoteas de cuento. Miran hacia el mar e intentan ver al dragón, que continúa calmado. Y hablan de un tipo de barba blanquecina, un tanto excéntrico y de aspecto descuidado. Antoni Gaudí, se llamaba. Dicen de él que, pocos años antes que yo, fue el cabecilla de esta pedregosa cima donde mi batallón todavía reside. Es por ello que le presentamos nuestro respeto. Y hoy, como ayer, formo a mis soldados, erguimos la cabeza en alto para mirar hacia al cielo y preguntar con tormento, aun sin espada ni escudo, si somos o no guerreros.

El herbolario
Abdul al-Fida

Releyendo la carta que había motivado su retorno, aquel francés, apuró el último sorbo de café, bajo el calor de la atestada terraza que miraba a la mezquita. Aguadores, tatuadoras y demás comediantes de aquel gran teatro de puertas abiertas habían tomado ya sus posiciones. Las serpientes se erguían levitando al son de las flautas marroquíes. Un musical tintineo enlatado daba la bienvenida a Philippe, de nuevo, a su querida y encantadora Marraquech.

Guardó la carta en el bolsillo trasero de su pantalón. Y descendió pacientemente por las escaleras que desembocaban en las grisáceas baldosas de Jemma el Fna, dispuesto a cruzar la plaza para llegar hasta aquella botica de la que le hablaba su buen amigo Hassan. «Allí encontrarás lo que andas buscando, hermano», escribía Hassan Benkiran de su puño y letra. Largas habían sido las conversaciones que habían tenido Hassan y Philippe hablando de su felicidad o de la carencia de ella, tratando aspectos profundos que, Philippe, no se hubiera atrevido a contar a nadie más. Hassan tenía aquel don de la empatía. Aquel *cómo si ya lo conociera de antes*, que contadas veces ocurre, un lugar a la duda de si en otra vida fueron más que amigos. Lo percibió desde el primer momento, minutos después de haberlo conocido.

Desalentado ya por sus continuos fracasos y consciente de su falta de motivación para continuar adelante en sus inacabados proyectos, Philippe, sabedor de mucho, pero especialista de nada, aferrado al consejo de su amigo, había decidido dar ese paso para cambiar el rumbo de su vida.

El francés se abrió paso entre el habitual acoso de adiestradores de monos y la incansable, aunque entretenida, perseverancia de los vendedores de zumo. «¡Aquí señor, aquí!», gritaba el más joven de ellos. «¡A él no, a mí, que estas naranjas son mejores!», señalando el imponente montón de fruta del puesto de al lado. Viendo que el turista no tenía la menor intención de detenerse le saludó desde lejos con una simpática sonrisa. «¡Luego, luego!», le gesticuló el joven haciendo aspavientos con las manos, buscando ávidamente alguien a quién venderle un fresco vaso de zumo. Continuó caminando hasta introducirse de lleno en la algarabía mercantil de los zocos. Volvió a sacar la carta de su bolsillo. La desplegó. En ella, un pequeño plano le guiaba para llegar hasta la botica de la que hablaba Hassan en su escrito. Ya conocía de antes los zocos, pero después de algunos años, cuatro marcas en un callejero serían, seguro, una buena ayuda.

Un cucharón removía un gran cuenco de caracoles hervidos, al paso de Philippe a la entrada del mercado. Poco había cambiado aquello desde entonces, la misma picardía, el mismo desparpajo para llevarte a su terreno. Eran grandes negociantes de eso no tenía la menor duda. Alfombras y babuchas de dudosa piel y penetrantes olores. Lámparas de hojalata vacías de genio, pero con el encanto de aquellas más de mil noches de las que hablaban los cuentos.

Se detuvo en un rincón para volver a echar un ojo al mapa.

—¡Señor, señor! ¿Dónde quiere ir? ¿Qué busca? ¡Yo le ayudo! —un chaval de no más de veinte años se le ofreció aprovechando aquel pequeño instante de desorientación.

—¡Oh no! Tranquilo chico, sólo me estaba ubicando —contestó Philippe cortésmente.

—Yo le ayudo, de verdad, no quiero dinero —insistió.

Ante tal insistencia, Philippe, consciente de lo que aquello implicaría dijo:

—Bien... —se tomó su tiempo— busco al herbolario Abdul al-Fida, amigo de Hassan Benkiran —comentó mientras indicaba el punto exacto de la botica en el mapa.

El muchacho quedó pensativo por un momento, con la mirada fijada en el papel.

—¡Sí señor! —concluyó sin dudar—. Yo lo conozco, pero está un poco lejos de aquí. ¡Sígame, por favor! —y comenzó a caminar por delante de Philippe.

Con la cabeza gacha y saludando a varios mercaderes del entorno, sin apenas detenerse, caminaba a no más de dos pasos de Philippe. Giraba con disimulo, y repetidamente, la cabeza para comprobar que aquel turista francés seguía detrás suyo y no perderlo de vista entre tanto gentío.

—¿Quiere unos dulces? —preguntó el muchacho a Philippe, al ver que éste se encantaba ante un pequeño puesto de apetitosos bollos y confituras.

El francés compró y ofreció al muchacho alguno de aquellos dulces, presente que el chico rechazó, señalando algún problema de muelas.

Las calles de los zocos se estrechaban al paso de guía y turista. Mercaderes sentados a las puertas de sus comercios tomaban té con menta en bandejas de plata, acechando con sus miradas opacas el paso de los extranjeros. Moldeaban con sus pies descalzos listones de madera para darles apariencias multiformes. Gritaban entre sí, como discutiendo, en otro intento más de distraer y engatusar a algún despistado cliente. Telas desteñidas, manos tintadas, un festival de colores que ondeaba acompañando a Philippe por las callejuelas de aquel laberíntico mercado marroquí.

—¡Aquí es, Abdul al-Fida! —dijo el muchacho, deteniéndose y señalando con el dedo un pequeño cartel con letras árabes, que reposaba justo encima de un saco colmado de especias. Entró en el interior de la botica y tuvo algunas palabras con el herbolario.

Al verlo salir, Philippe, agradeció el detalle del chaval obsequiándolo con algunas monedas. Pero ante el aparente descontento de éste, se vio obligado a ampliar la recompensa con diez dírhams más. Con gesto contrariado, aunque resignado, por el dinero recibido, el muchacho se quedó a pocos metros de la botica, charlando en corrillo con los tenderos más jóvenes de los comercios cercanos.

Cuando Philippe entró en la botica un hombre barbudo, con turbante blanco y más de sesenta años se giró amablemente para darle la bienvenida y se apresuró a cerrar la puerta.

—¡Buenos días amigo! O mejor dicho, *bonjour mon ami.* Porque es usted francés, ¿verdad? —interrogó el anciano de manera graciosa, exagerando todavía más su acento francés.

—¡Oh sí! ¿Cómo lo ha sabido? —se sorprendió Philippe, ya que todavía no había tenido tiempo de articular palabra.

—De la misma manera que usted sabe que yo soy marroquí y que mi nombre es Abdul al-Fida —contestó entre risas—. Siéntese, siéntese y póngase cómodo Philippe, le serviré un té.

Philippe, aun no siendo muy amante del especial sabor de la menta, no osó rechazarlo.

Abdul al-Fida, sacó una tetera de detrás del mostrador —decorado, éste, con aceites, piedras y maquillajes bereberes— y llenó con sutileza un par de vasos.

—Así que viene usted de parte de Hassan...

El francés afirmó con un gesto.

—¿Y qué le trae por aquí? ¿Un desengaño en el amor? ¿La pérdida de un ser querido, quizá? —continuó el anciano, mesándose las barbas.

—No, no, nada de esto. Simplemente estoy descontento con mi vida y quería hacer algunos cambios. Eso es todo.

—Bien pues, le mostraré la mercancía de la que dispongo. Le aseguro que a pesar de sorprenderle, será de su agrado.

El anciano volvió a comprobar que la puerta estuviera bien cerrada y se dirigió lentamente hacia unos estantes repletos de frascos llenos de medicinas naturales y especias en tonos rojizos y ocres.

—¿Cuánto me costará? —preguntó tímidamente Philippe, antes de dar un pequeño sorbo a su taza de té.

—No hablemos todavía de precios, amigo. Permanezca tranquilo, no se impaciente —contestó riendo el herbolario.

Y comenzó a girar, uno a uno los botes de la estantería superior. Canelas, azafranes y jengibres daban media vuelta para descubrir en su parte trasera ocultas etiquetas, escritas en marroquí, que Philippe no sabía comprender.

Abdul al–Fida comenzó a enumerar el contenido de los frascos.

«Decenas de tarros que conservaban momentos», explicó el anciano. Botes que aparentemente contenían comino almacenaban en su interior felicidad, como rezaba un pequeño adhesivo escrito en marroquí: «instantes alegres» de vidas desconocidas. Lo mismo sucedía con los «momentos tristes», que en su caso también conservaba perfectamente cerrados, tras la engañosa etiqueta de semillas de cilantro. «Mentiras y traiciones» olvidadas en un tarro de cúrcuma o «promesas no cumplidas» bajo la tutela de un frasco de pimienta negra. Pero sin duda el tarro que más llamó la atención de Philippe fue el de «*sihubieras*», como lo llamó el anciano. En él reposaba lo que hubiera sucedido en aquellos momentos de dudas, de si hubiera hecho esto o aquello. Una de aquellas decisiones arriesgadas en una situación confusa era quizá el pequeño retoque que Philippe estaba dispuesto a darle a su fracasada existencia.

—Verá, aquí tiene la posibilidad de cambiar su vida, es cierto —dijo Abdul recolocando los botes en la estantería—. ¿Pero qué recibo yo a cambio?

—¿Dinero? —respondió el francés, prudente.

—No, a cambio de uno de estos momentos me quedaré con alguna pequeña parte de su propia vida.

Philippe no estaba dispuesto a dar ni un paso atrás. Sus desdichadas vivencias distaban bastante de tener momentos indispensables. Con lo cual, la pérdida de cualquiera de ellas no la iba a acusar lo más mínimo, pensó.

—Bueno —Philippe se levantó, dejando la taza de té sobre el mostrador —quisiera uno de estos —dijo señalando el tarro de «*sihubieras*».

—Le recuerdo amigo que el precio es el convenido, un instante de su vida —reiteró Abdul, de manera firme— tan sólo uno.

—Lo sé. Y no me acobarda, es tan sólo un instante, ¿qué puede pasar? Tengo la sensación de que cualquiera de las valientes y, quizá, poco meditadas decisiones que contiene ese tarro puede darme lo que he andado buscando.

—Disculpe, no era mi intención inquietarle, simplemente debo ponerle en previo aviso. Tenga en cuenta que en ningún caso podrá volver aquí para reclamar —matizó el anciano.

—Estoy seguro, de verdad.

Abdul asintió con la cabeza, volvió a coger el frasco de «*sihubieras*» e introdujo su mano en el interior, sacando un pequeño puñado de semillas de anís, y se lo ofreció a Philippe rellenándole, a su vez, la taza de té. Éste se llenó la boca de pepitas, las tragó e inmediatamente bebió un poco de aquella, todavía caliente, infusión de té con menta.

En aquel mismo instante Abdul al-Fida ya había destapado el frasco de las semillas de cilantro.

* * *

Releyendo la carta que había motivado su retorno, aquel francés apuró el último sorbo de café, bajo el calor de la atestada terraza que miraba a la rambla. Bailarines, dibujantes y demás comediantes de aquel gran teatro de puertas abiertas habían tomado ya sus posiciones. Las estatuas se erguían levitando al son de un público desigual. Un tráfico dominado por el amarillo y el negro de los taxis metropolitanos daba la bienvenida a Philippe, de nuevo, a su querida y encantadora Barcelona.

Mientras, en otra parte del mundo, alguien jamás conocido por Philippe enroscaba con premura un tarro de momentos tristes que recibía, tras una falsa etiqueta, a otro momento cualquiera.

El cielo

Sube los escalones de dos en dos entre carteles que piden «silencio por favor» y un intenso olor a desinfectante. Mientras, Ana, embadurnada en gotas de sudor, sufre el insoportable dolor de unas contracciones que ya duran casi nueve horas. El reloj de pared de una de las salas de espera marca justo las siete y catorce minutos de la mañana.

No muy lejos de allí, un anciano y su nieto esperan su turno, con el evidente nerviosismo del pequeño, que no cesa en su empeño de seguir haciendo preguntas al anciano.

—Abuelo, ¿me harán daño? —pregunta el crío.

—Estate tranquilo, Carlitos, ¿tú crees que tu abuelo dejaría que te sucediera algo malo?

—No sé, creo que no —contesta el pequeño con una sonrisa inocente y encogiéndose de hombros.

Aquella manera de responder provoca una carcajada al abuelo. Aunque esos pocos segundos de risas no hacen más que enmascarar la preocupación que siente el anciano por la intervención a la que va a ser sometido el crío. El niño mira extrañado al abuelo. Se asusta al oír los quejidos de una parturienta, que por la intensidad con la que se escuchan debe andar cerca de ellos.

En las escaleras, Mateo casi tropieza con el último peldaño que da al largo y vacío pasillo. El lado derecho de éste, repleto de sillas oscuras y al fondo un par de siluetas parecen levantarse al verlo llegar. Justo enfrente, plateada y con un gran ojo de buey, la puerta que da paso a las buenas o malas noticias. Sabe que como en las grandes ocasiones, y ésta es sin duda la más importante, no logrará vivirlo como si fuera real y tendrá que conformarse con hacerlo como un sueño, para más adelante comprobar que no lo ha sido. Su mayor alegría, pensar que por fin va a ser padre. Su mayor pena, saber que el suyo, fallecido hace tres semanas, ya no puede estar con él. Todo ello era una mezcla de sentimientos que le generaban una sensación agridulce en aquel momento tan esperado.

Ana, entre gemidos, no deja de respirar hondo y entrecortado, mirando aquel cristal opaco que espera ansioso la llegada de su marido, cuando oye la voz de éste junto a la de una enfermera que lo invita a entrar. Unos instantes eternos que dan paso a Mateo, ataviado con bata, gorro y patucos del color de la esperanza.

—¡Has tardado cariño! —exclama la chica entre lágrimas.

—No he podido conducir más deprisa —contesta Mateo mientras deja que su mano sea estrechada con fuerza.

Mateo intenta no perder detalle, paredes vestidas de goma y suelos calzados con vinilo son el atuendo asignado para el evento. Uniformes pintados en blanco, herramientas cromadas y una dilatación insuficiente en forma de primera sacudida. Batas salpicadas en rojo, utensilios empañados y pinzas obstétricas irrumpían en escena.

Muy cerca de allí, y en plena intervención, el abuelo sigue alentando a Carlitos, dándole consejos para cuando sea mayor, de esta manera la angustia se hace más llevadera y el mal momento transcurre más rápidamente.

—¡Abuelo, creo que me están haciendo daño! —exclama preocupado el niño.

—Sopla con fuerza y piensa en algo que te guste mucho —aconseja el abuelo en un intento de tranquilizar al crío.

—No sé... ¿nadar? —contesta Carlitos.

El anciano esboza una tímida sonrisa.

—¡Si no conseguimos que dilate más, habrá que usar los fórceps! —puede escuchar Mateo a una de las enfermeras de la sala.

Empieza a temer que algo no va bien. Ana grita cada vez con más fuerza y aprieta la mano de Mateo con rabia. Algo parece complicarse. La comadrona intenta estirar de la cabeza a la criatura, pero esta no encuentra espacio.

El abuelo sigue animando a su nieto, dándole fuerzas para sobrellevar la situación, no duda de la valentía del crío, pero empieza a tener dudas de que la operación salga con éxito.

—¡Vamos hijo! Tienes que ser fuerte, ésta quizá sea la primera situación difícil de tu vida, pero tienes que ser un valiente —exclama el anciano.

—¡Y lo seré abuelo! —replica el niño.

149

En aquel preciso instante Carlitos asoma la cabeza, rodeado de focos alógenos y suspiros de alivio. Y en el mismo momento en que el crío prorrumpe con su primer llanto, su abuelo, sin poder evitar echar una última mirada atrás, vuelve a ese lugar al que pertenece desde hace tres semanas.

Surrealismo de espuma

«Mis relojes blandos no son solamente una imagen fantasiosa y poética de lo real, sino que aquella visión del queso derritiéndose es en realidad la más perfecta definición que las más altas especulaciones matemáticas puedan dar del espacio-tiempo.»

SALVADOR DALÍ

Cuando quiero relajarme, dejo caer el tiempo sobre mi cabeza. Me gusta sentirlo resbalar por mi espalda y por mi pecho. Notar cómo se desliza por todo mi cuerpo. Percibir sus horas, minutos y segundos acariciando la sensibilidad de mi piel. Sentirlo bajar por mi abdomen hasta los genitales, como en una masturbación de emociones que se deja caer hacia las rodillas para desembocar en el más grande de los abismos. Verlo perderse entre una vida efímera y turbia. Se deforma, se deshace, intentando ser eterno con el salpicar de los segundos. Y cuando ya estoy saciado, detengo ese tiempo haciendo girar sus manecillas. Salgo de la ducha y observo. Observo como la realidad es cada vez más patente, más palpable, tragándose por el desagüe un surrealismo de

153

espuma, horas, minutos y segundos, que, por esta vez, y no siempre así sucede, ha conseguido persistir en la memoria.

Punto y final

¿Qué cosa tan horrible habría podido hacer para estar allí?, se cuestionaba Daniel ante la extraña situación de verse desnudo con un volante en la mano, guardando turno para cruzar aquella fortificación infernal.

Que estaba muerto, lo tenía claro. El porqué, aunque con algunas lagunas, lo recordaba: un par de miradas al coche de atrás por el retrovisor interior, velocidad, volver otra vez la mirada hacia delante, más velocidad, no poder evitar a aquella furgoneta blanca, un ruido ensordecedor, cristales como proyectiles, un airbag deshinchado, todo se apagó y se volvió negro. Punto y final. Lo demás pertenece al mundo de los vivos.

Aquel escenario no distaba mucho de cómo, alguna vez, lo había imaginado, murmullos en el ambiente, escenarios ásperos como de atrezo, tonalidades rojizas, un Leteo con aguas turbias y una docena de góndolas amarradas en la orilla.

—¿Pero qué hago yo aquí? —gritó desesperado con voz temblorosa.

Echó un vistazo a su alrededor y se sorprendió al ver aquellas decenas —quizá pasaran de la centena— de cuerpos desnudos. Jóvenes, viejos, mujeres, hombres, todos mezclados, sin distinción de sexo y edad, esperando la apertura de puertas del Averno. No había niños, «se les deben perdonar los pecados», pensó, «o posiblemente haya otro infierno para ellos». Algunos hablaban entre sí, en diversas lenguas, y en voz muy baja. Otros en cambio se mostraban cabizbajos y con sensación de resignación ante lo que se les venía encima, probablemente arrepentidos, pero ahora ya era tarde. Algunos incluso reían, esperaban con más soltura, seguramente habrían tenido más tiempo para prepararse para este desenlace. Aquellos que bien pudieran ser asesinos, violadores, suicidas, almas condenadas, portaban en sus manos cuchillos, sogas, bolsas, pastillas, pero no volantes. Pensó que pudo haber atropellado a alguien en el accidente y no recordarlo ahora, y que éste fuera su pecado. Fuese como fuese, no habría sido algo voluntario, en absoluto. Lloró. Respiró hondo y sopló. En pocos minutos recordó su vida, cuarenta y cinco años. No encontró grandes mentiras, ni estafas, ni envidias, tampoco infidelidades, y por supuesto, no había asesinado a nadie.

—¿Qué mal habré hecho? —murmuró.

Empezaba a chispear. Una lluvia ardiente empapaba aquellos cuerpos que se movían con lentitud, como cochinos empujados al matadero. Justo en ese instante crujieron y se abrieron los portones. Nadie tenía prisa por entrar, ya nadie reía. Al fondo se entreveían un par de columnas y bajo de estas, tres siluetas, de apariencia humana, por delante de las cuales tendrían que pasar sin más remedio. No pasaban las horas. La intriga se convirtió en miedo, el miedo en temor y el temor en locura. Fue acercándose, muy lentamente, sin saber adónde, como a ritmo de violines en un tango. Aquellos tres guardianes infernales daban la bienvenida marcando a los nuevos condenados como si de reses se tratara. Ya todo olía a muerte, a azufre. Los gritos eran cada vez más ensordecedores e intensos. Daniel, estaba seguro de que era una pesadilla de la cual nunca conseguiría despertar, había cometido algo grave, pero desconocía el qué. Las heridas que imprimía el acero ardiendo, dejaban aquellos cuerpos desnudos cicatrizados con su error en vida. Entonces pudo leer en algunos de aquellos marcados miembros: «por asesinar», «por violar», «por robar». Pero nada de eso iba con él, si realmente había atropellado a alguien en aquel accidente, no era su intención. Un fuerte dolor en el brazo lo hizo volver, penetró dentro de él como si de una descarga eléctrica se tratara y un fuerte empujón le hizo continuar adelante. Intentó mirar la inscripción pero el dolor le hacía ver borroso. Un sudor frío le invadió todo el cuerpo, ya sabía por qué estaba allí, cuando pudo leer, estampado en su torso desabrigado, «por no haber sido feliz».

Daniel, desnudo y con el volante en la mano, agachó la cabeza y abatido, recordó: aquella persona que no conoció, aquel viaje que no hizo, aquella carrera que no acabó, aquel hijo que no tuvo, aquel beso que no dio... aquella vida que perdió. Y fue entonces cuando, divagando bajo aquel cielo rojo y lluvioso, dejó caer ese volante con el que no había sabido dirigir su vida, viendo como todo se apagaba y se volvía, irremediablemente, negro.

Bernard
et Julien

Ésta es la cuarta noche que llevo sin pegar ojo. Doy vueltas y más vueltas buscando el lado seco de la almohada. Un reguero de sudor me empapa la espalda y se funde con el algodón de mis calzoncillos. Hace rato que me quité los calcetines, pero las puntas de los pies todavía me arden, como si de un momento a otro fueran a fundirse con el estampado de las sábanas. Mientras, mi memoria, en contra de mi voluntad, se retuerce entre la humedad buscando una imagen. Una imagen que, por más que lo intento, no puedo borrar de mi cabeza. Quisiera hacerlo, quisiera anular de mi mente, aunque fuera por unos minutos, a mi gran amigo Bernard, que para mi desgracia, falleció hace tan sólo cinco días. Reconozco que callé algunas palabras que mi querido Bernard debería haber escuchado, confío en que él las hubiese entendido en cada uno de los momentos que vivimos, cuando reíamos a carcajadas o cuando llorábamos calando nuestros hombros de lágrimas, cuando discutíamos por nimiedades y después nos abrazábamos como si fuésemos una sola persona. Si aún estuviera aquí no lo dudaría un solo instante, expresaría con claridad mi sentimientos.

Bernard Chavanel, escritor francés de renombre, llevaba un par de años dedicado a la publicación de un libro de cuentos. Sería su sexta obra, después de cuatro novelas y una recopilación de las columnas publicadas en *La Planète*. Veinte años, entre geniales ideas y páginas en blanco, habían sido testigos de nuestra sempiterna amistad. Hace unos meses, cuando aún no llevaba escrita la mitad de este sexto libro, Bernard conoció el diagnóstico de su enfermedad. Esto no fue impedimento para seguir con su propósito. No se vino abajo y quiso acabar sus días haciendo lo que más le gustaba, aquello que había dado sentido a su truncada vida, escribir. Lo hizo sin perder esa sonrisa que durante estos días he vuelto a corresponder en mis fantasías. Pero hace un par de semanas, un violento cambio en su estado de salud lo tumbó, dejándolo caer en las espinas de la realidad. Prácticamente ya no se tenía en pie y había perdido ese guiño que le hacía seguir soñando. Ingresó en el hospital para acabar allí su vida, dejando un último relato sin terminar. Fue en aquella habitación donde me pidió que me acercara, y entregándome una gruesa carpeta roja, de una tonalidad parecida al carmesí, me dijo: «El desenlace está en tus manos, nadie mejor que tú podrá entender esta historia, ¡regálame ese final Julien!». Nos abrazamos fuertemente. Intenté que no me viera llorar. Aún no he podido dejar de hacerlo. Aunque ha pasado poco tiempo, creo que ya es hora, ha llegado el momento de regalarle ese final.

Un tic-tac martilleante se sigue clavando, segundo a segundo, en mis oídos.

Cuando aún no son las cinco de la madrugada, me decido a despegarme de esta cama. Con el cogote empapado, me alzo y subo cautelosamente la persiana, no más de tres dedos. Descalzo, piso los cojines que el insomnio ha esparcido por las baldosas. Abro el cajón de la mesita para coger aquella carpeta roja que todavía conserva las últimas huellas de Bernard y hojeo las páginas finales. Mis pies echan humo al rozar el frío suelo que me lleva ante la vieja máquina de escribir que algún día fue partícipe de mis primeros tanteos como escritor. Acariciándome la desidia de una barba de cuatro días, comienzo a perderme entre las letras de los últimos pensamientos de mi gran amigo Bernard.

Gérard et Ginette, puedo leer como título del último cuento. Comienzo a recordar, conozco a estos personajes. Una historia de amor indefinida entre un chico y una chica.

Continúo leyendo y veo que no estoy equivocado, que Ginette y Gérard no me resultan personajes desconocidos. Bernard Chavanel siempre había encontrado un hueco para ellos en todas sus novelas y ahora revivían para concluir este libro. Ginette era una guapa parisina de unos treinta y pocos años, soltera, enamorada de la vida en general y de Gérard en particular. Nunca daba un paso sin cerciorarse de que el pie que quedaba detrás había cruzado el bordillo. Con sus inseguridades, como ocurre con la mayor parte de las chicas guapas, deambulaba entre la gordura de los espejos y la delgadez de un escaparate. Sus relaciones amorosas, aunque siempre muy a su pesar fueron prendas de temporada, se podían contar con los dedos de una mano. A Gérard lo conocía desde la adolescencia, cuando aún eran estudiantes, pero su apego nunca llegó a traspasar esa comprometida frontera que deja la amistad a las puertas de la pasión. Él siempre se decantó por flirtear con otras mujeres. Aunque tampoco se puede decir que fuera un mujeriego, sus relaciones serias apenas pasaban de la decena. En incontables ocasiones había prestado su hombro para consolar a Ginette de sus fracasos amorosos. En cuestión de amistad siempre estaba a la altura. Ella, sin lugar a dudas, en algún momento hubiera dado un paso más. Pero la distancia que alejaba y acercaba a estos personajes en distintos momentos de sus literarias vidas, los debía unir o separar para siempre.

Comienzo a notarme frío. Los primeros bostezos del amanecer entran por los cristales de la ventana. Me cubro con un batín, solapándolo hasta cubrirme el cuello, y continúo leyendo en busca de ese prometido final.

Paso página.

Cuando llego al último párrafo descubro a un Gérard en su lecho de muerte y a una Ginette que, tras varios años sin poder estar a su lado, vuelve a encontrarse con él en una antigua habitación de hospital. La historia se cierra con un diálogo. Ginette mira por la ventana mientras Gérard observa su preciosa silueta, iluminada por un viejo flexo.

—¿Qué ves? —pregunta Gérard, con dificultad para respirar, en un afónico susurro.

Ginette se gira rápidamente al oírlo jadear. —Nada, me había perdido en una habitación del bloque de enfrente. Dos chicos se abrazan, parece que el enfermo le ha entregado al otro algo de color carmesí que no alcanzo a identificar.

—Tú siempre observando la vida de los demás —Gérard sonríe—. ¿Se quieren, verdad?

—¿Perdona?

—Los dos amigos. ¿Se quieren? —aclara Gérard.

—Estoy segura. Los dos intentan ocultar sus lágrimas —responde Ginette con claro gesto apenado.

—¿Y tú?

—¿Yo qué? —replica suavemente Ginette sin entender a dónde quiere llegar Gérard.

—¿Qué si me quieres tanto como yo te he querido a ti?

El desenlace, como mi mente, se queda totalmente en blanco. Mi corazón, frágil como el de un recién nacido, da palmadas contra mi pecho antes de arrancar a llorar.

Paso mi mano por la tímida lágrima que se escurre por mi mejilla, y frente a esta aletargada máquina de escribir, coloco la última página para regalarle el final de nuestra historia. Pienso en aquella enamorada Ginette, en la que me reflejo en todos sus escritos y agradezco todos los años que he podido pasar junto a mi gran amigo, mi gran amor, Bernard Chavanel, mientras mis dedos pierden el control entre temblores para encontrar las teclas que envuelven la respuesta:

—Sí, y te amaré hasta que muera querido Gérard.

Pétalos embusteros

Aquí me hallo, pateando margaritas. Las pateo con toda mi rabia. Esparzo sus pétalos, sus embusteros pétalos por todo el jardín, arrancándolos de un zapatazo. Me descargo con ellas, las culpo de todo sin creerme responsable. Me han hecho infeliz, han quebrado mis ilusiones, me hicieron pensar que podía ser y no fue. Me hicieron soñar y de pronto despertar. Las odio. Las odio con todas mis fuerzas y por eso las destrozo. Las hago saltar por los aires. Mutilo sus tallos y su polen mentiroso salpica hasta caer al suelo. Hablan de amor sin tener la más mínima idea de qué es estar enamorado. Pagarán caro mi sufrimiento. Porque llevo tres noches sin pegar ojo. Porque me costará levantar cabeza. Porque me han hecho miserable. Porque, jugando a deshojar mi futuro, me dijeron «sí» y resultó ser «no».

Nocaut

Tengo tan sólo unos instantes para explicarte lo que opino sobre las casualidades o el destino, que hay quienes creen que ya está escrito. Pues bien, te lo contaré de manera sencilla y rápida, puesto que el tiempo apremia cuando esperas una llamada.

Mi nombre es Joaquim Fontcuberta, Quim desde que tenía quince años —ahora tengo treinta y cinco— y trabajo como gestor administrativo en un pequeño despacho del barrio de las Tres Torres desde los veintiocho. El último jueves de cada mes, me persono en las dependencias de la Administración Tributaria de Pedralbes-Sarrià, y lo hago por gusto, ya que bien podría mandar a mi secretaria e incluso hacer algunos sencillos trámites por internet, pero prefiero hacerlo en persona. Ahora sabrás porqué.

Te comentaba mi escepticismo en cuanto a las cosas que suceden de manera casual; como hombre de números, pienso que dos más dos nunca puede sumar cinco y que en una división, evidentemente, siempre saldrás perdiendo. Me rodeo a diario de retenciones e impuestos que si no presentas a tiempo se traducen en cuantiosos pagos, que para nada tienen que ver con el destino, a mi modo de entender, sino que son el resultado de nuestra meticulosidad en la forma de actuar.

Pues bien, esta misma mañana me he levantado con ganas de echarle un pulso a estas casualidades. Camisa azul cielo y pantalón tejano a modo de calzón rojo. Americana beige, que si de un albornoz de boxeo se tratara llevaría bordadas las letras *F, O* y todas las que forman *Fontcuberta* en tonos dorados y ocres. Lleno el bolsillo de mi maletín con un puñado de tarjetas de visita dando un par de ganchos de derecha. Colocándolas en un lugar accesible, que permita dar con ellas sin tener que rebuscar demasiado. Y salgo calle Anglí abajo, en un paseo de no más de quince minutos, cruzándome con decenas de personas a las que, sin ellas saberlo, podría cambiar su futuro más inmediato con tan sólo hacer un gesto; es fácil alterar, aunque sea de manera leve, el ritmo de sus vidas: con una pregunta o una simple mirada. Un semáforo en verde parpadea, dando el tiempo justo para poder cruzar al otro lado de Vía Augusta. Los coches se impacientan, no quieren dejar escapar ni un solo segundo. Sigo bajando hasta llegar a la Ronda del General Mitre, pasando justo por delante de la Agencia Tributaria. No me detengo, no he bajado hasta aquí sólo para presentar papeles y soltaros este rollo del destino. Me dirijo hasta la calle Doctor Fleming. Allí, una pequeña cafetería me espera con las persianas subidas desde hace ya unas horas. La barra está situada en el centro. Yo, como de costumbre, si no está ocupado, escojo el tercer taburete de la izquierda, un lugar privilegiado frente al exprimidor de naranjas y la cafetera. El local me envuelve de tranquilidad, como siempre. Aquella guapa camarera al otro lado de la barra y un silencio roto por el bajo volumen del televisor. Dejo mi maletín a los pies de la barra, me quito la americana, me siento y la coloco justo sobre mis rodillas.

—Buenos días ¿qué le pongo?

Su voz es dulce y su mirada tímida. Una blusa blanca, insinúa unos lindos pechos e introduce sus picos en la oscuridad de una negra falda.

—Un café solo, por favor.

Apenas me mira, como de costumbre. Sigo sus movimientos suaves, sensuales me atrevería a decir. Unas manos delgadas que no portan anillo en su anular izquierdo. Unos dedos finos que preparan un café corto y espumoso para acercarlo a mi lado de la barra.

Se gira, no pierdo detalle. Estaré allí hasta diez… quince minutos lo más. Cuatro sorbos contados hasta que la frialdad del café me haga dar el último trago.

Sabe que la miro, pero disimula. La intimidad que da el silencio se acentúa cuando nos quedamos solos en la cafetería. Podría romper el hielo, preguntar, pero no me atrevo. No me atrevo y observo. Observo e intento disfrutar ese momento. Coge unas naranjas para colocarlas en el exprimidor. Las limpia con un paño húmedo, una a una. Y las deja caer sutilmente en el interior de la máquina. Alzando su femenino cuerpo, dejando entrever sus talones. Se acaba el tiempo, lo sé. Mi café ya está frío, esperando nervioso ese último sorbo.

—¿Qué te debo?

Uno con veinte, lo sé. Pero quería volver a escuchar su voz, por penúltima vez.

—Un euro con veinte —contesta mientras seca sus manos.

Mi cuerpo se funde en un suspiro interior. Me tiembla el pulso al rebuscar en el monedero, espero que no se me note. Acompaño con delicadeza un par de monedas a la palma de su mano, me visto la americana y me despido.

Al llegar a mi despacho me desprendo de aquel albornoz de letras doradas y me siento en la butaca. Cruzo mis manos y espero. El árbitro del combate está a punto de anunciar al ganador.

Y aquí me encuentro, cuando justamente ahora suena el teléfono. No me sorprende, aunque eso no implica que esté tranquilo.

—¿Sí?

—Hola —aquella dulce voz femenina me hace ganar por puntos—, ¿Joaquim Fontcuberta?

—Sí soy yo —intento mostrarme sorprendido.

—Ha olvidado usted su maletín mientras tomaba el café y he encontrado el teléfono en una de sus tarjetas.

—¡Oh, gracias! Justamente ahora lo estaba echando en falta, esta misma tarde paso a buscarlo.

Hago una breve pausa.

—Disculpe, ¿estará usted allí señorita?

Tardó unos segundos en responder que sí, que estaría también por la tarde e incluso concretó hasta qué hora.

—Sí, pero hoy sólo hasta las siete.

Cuelgo el teléfono. Me muero de ganas por bajar ahora mismo y volver a encontrarme con ella, pero no, hay que ser paciente. Si algo tengo claro cuando juego con el destino es que dar un paso en falso y dejarse llevar por los impulsos es arriesgar demasiado. Te aconsejo que lo intentes, aunque debes tener claro que si no asestas bien tus golpes puedes pagarlo muy caro: te arriesgas a perder por nocaut.

El piso
de arriba

Viví toda mi infancia en el 2º 1ª de un edificio familiar de la calle de la Perla, en pleno centro del Barrio de Gracia. Era el segundo de tres hermanos y entre mis aficiones, aparte de chinchar a mis dos hermanas, se encontraba la de reptar pasillo arriba, pasillo abajo como lo había visto hacer en las películas americanas de guerra de los años ochenta.

En uno de aquellos días en los que arrastraba mi pijama por el frío suelo de aquel largo pasillo, me dio por reptar con mi metralleta imaginaria hasta la puerta del baño, apunté a una de aquellas flores verdes que decoraban las baldosas de la parte baja de la pared y entré disparando con un «¡ratatatatá!» dando un medio giro que me dejó justo entre el lavamanos y el bidé. Fue en ese momento cuando descubrí debajo del mueble del lavamanos un boquete de poco más de medio metro, faltaban tres baldosas y el hueco estaba sin cubrir. Me acerqué y husmeé, primero con la mirada, luego metí las manos e introduje la cabeza y acabé entrando por completo.

Todo estaba muy oscuro en el interior de aquella pared del baño, pero a medida que se iban dilatando mis pupilas empecé a ver mejor. Me sacudí el pijama, me calcé bien las zapatillas y caminé entre la runa y los cascotes que se habían desprendido de los ladrillos. Las paredes, a ambos lados, eran bastas y olían a mortero húmedo. De pronto escuché a mi madre que me buscaba desde el comedor y me vi obligado a volver al interior del baño. Justo antes de salir alguien gritó mi nombre:

—¿Pablo? —parecía la voz de una chiquilla.

Me giré, con medio cuerpo ya en el interior del baño y contesté:

—¿Hola?

La niña calló, alguien con voz de adulto le recriminó en voz baja que me hubiera mencionado.

Oí los pasos de mi madre acercándose al baño y salí de aquel agujero a toda prisa. Me encontró tirado, al lado del bidé. Solté un tímido «ratatatatá» y alcé la mirada.

—¿Qué estabas haciendo, Pablo? ¡Tienes el desayuno en la mesa!

Me levanté y, muy a mi pesar, acompañé a mi madre al salón, donde ya tenía preparado un tazón de leche con galletas.

Durante aquel día no pude entrar en aquel lugar tan extraño que acababa de descubrir, pero al día siguiente, en cuanto tuve la oportunidad, volví a cruzar el umbral.

Esta vez caminé más lejos que la primera. Mi intención era encontrar a aquella niña que había gritado mi nombre, si es que no me lo había imaginado. Y deambulé por entre las paredes de ladrillo hasta que alguien reclamó mi atención.

—¡Chist! Ven, que no te vean...

—¿Que no me vean, quiénes? —contesté acercándome hacia la niña.

—Ellos, los alberos...

Miré a ambos lados y pregunté bajando el tono de mi voz:

—¿Los alberos?

—Sí, somos los habitantes de este lado del tabique. Nos diferenciamos de vosotros por nuestra piel blanquecina y manchada por el polvo del cemento.

—¿Tú eres albera?

—Sí, aunque a veces lo detesto. Me gustaría ser como vosotros y poder cruzar el agujero, aunque se me cieguen los ojos por la claridad.

—¿Cuál es tu nombre?

—Esmeralda...

—Yo soy Pablo.

—Lo sé, oigo a tu madre llamarte todos los días —contestó entre risas.

Esmeralda tenía la tez pálida, ojos negros y grandes y pelo rizado y castaño aunque blanqueado por el polvo. Tenía terminantemente prohibido relacionarse con las personas que vivíamos en el lado opuesto del agujero, pero sentía mucha curiosidad por conocernos, saber cómo era nuestra vida, con luces y ventanas.

Fueron pasando los días, los años y visitaba a Esmeralda todas las veces que me era posible. Siempre evitando ser visto por los demás miembros de la comunidad albera, aunque no siempre con éxito, cosa que le costó alguna que otra represalia a la niña. Nunca llegué a saber con exactitud cuántos eran, pero además de la familia de Esmeralda, con certeza, allí habitaban al menos un par de familias más.

Y así nos fuimos viendo durante casi cinco años, desde los ocho hasta los trece. Alguna vez estuve a punto de ser descubierto por mis padres: «¡Qué maldita manía tiene este chiquillo de echar siempre el pestillo!», podía escuchar a mi padre al otro lado del pasillo. Era entonces cuando tenía que dejarlo todo y volver rápidamente al baño: «¡Ya salgo papá!». Estaban en su mundo de mayores, por suerte nunca sospecharon nada.

Con Esmeralda empezamos jugando con sus «juguetes», muñecos esculpidos en mortero que daban poco margen a mis expectativas de juego. Hasta que un día llevé mi colección de canicas. La niña, acostumbrada a los oscuros y grises de su mundo, alucinó con el brillo y los colores de mis bolas de cristal. Jugábamos a lanzarlas rodando por el suelo a ver quién llegaba más lejos. Esmeralda se lo pasaba en grande con ese juego tan simple. Ya habían pasado tres años desde el primer día que pisé el interior de aquel agujero, los dos siguientes fueron diferentes, habíamos dejado paulatinamente de jugar y hablábamos más. Empezábamos a sentirnos mayores. Solíamos vernos por las tardes, cuando yo llegaba del colegio, e intentábamos estar juntos al menos media hora, lo justo para que sonara la puerta del baño reclamando mi presencia. Una de aquellas tardes, pasó lo que tenía que pasar, me gustaría decir que fui yo, pero no fue así. Fue Esmeralda la que me plantó mi primer beso. Salí de aquel agujero con una sonrisa de oreja a oreja.

Los dos días siguientes yo marchaba de colonias. Mientras estuve fuera me acordé de ella a cada minuto, a cada segundo y estaba ansioso por volver a estar con ella.

Cuando llegué a casa, pasados los dos días, pensando en cómo ver de nuevo a Esmeralda, vi un par de sacos de escombros en la portería. Subí sin apenas darle importancia y vi salir a un albañil de mi propia casa. «¡Hola chaval, ten cuidado con las baldosas del baño que están recién puestas!» y se despidió, palillo en boca con un «¡hasta mañana, señora!».

—¡Ven Pablito! —me llamó mi madre.

Me acompañó hasta el baño y lo que vi me heló la sangre de por vida.

—¡Qué! ¿Te gusta?

Habían reformado el lavabo por completo, cambiando aquellas baldosas de flores verdes por un moderno mármol travertino, renovado los sanitarios, la ducha y el mueble y, lo peor de todo, tapado el agujero de debajo del lavamanos. En aquel momento quise morir.

Nunca más volví a ver a Esmeralda. Tuve otras novias, y de todas guardo un buen recuerdo, pero nunca olvidaré mi primer beso. A día de hoy vivo justo en el piso de abajo, en el 1º 1ª. El segundo, en el que viví mi infancia, lo tenemos alquilado a un matrimonio de franceses, que se encapricharon porque le entraba más luz que al primero. En fin, que ahora vivo solo, mis padres están retirados y viven en

Cadaqués y mis hermanas se casaron. Sigo estando soltero con treinta y tantos y no he dejado de pensar en Esmeralda. ¿Y sabéis una cosa? Todavía, algunas veces y cuando todo está en silencio, me parece escuchar desde aquí abajo el rodar de las canicas que viene del piso de arriba.

Loco

Hay que estar muy loco para saltar desde siete metros al mar sin pensar en cómo será la caída. Muy loco para tatuarse un dragón alado en la espalda sin miedo a arrepentirse o al qué dirán. Muy, pero que muy loco para no ser consciente del peligro de enamorarse y desenamorarse. No hay que estar muy cuerdo, no. No hay que estarlo para bailar toda la noche sin pausa y sin tener más preocupación que el presente, dejando atrás el pasado entre taconeos y palmadas. Hay que estar muy loco, repito, muy loco para salirse de la carretera en cualquier desvío hacia un rumbo desconocido, a derechas o a izquierdas, sin preferencias y dejándose guiar por una efímera intuición. No hay que estar muy fino, no. No hay que estarlo porque las consecuencias de cruzar ese paso de peatones a ciegas pueden ser nefastas para un futuro, inmediato o no. En juego está la felicidad y con eso no hay medias tintas, o sonríes o no sonríes. Por eso digo que hay que estar muy loco para pensar en cometer estas locuras, dándole vueltas y vueltas y más vueltas, sin atreverse a mover un dedo, en pijama y escribiendo todo esto desde la comodidad de un viejo e inerte sofá.

Fin

No me fío de la palabra «fin». No me fío. No me fío porque no hay un fin si puedo continuar leyendo, sintiendo o viviendo. Y si no hay nada delante, siempre puedes mirar hacia atrás, seguro que algo bueno encuentras. A la espera, sin ninguna prisa, de que aparezca algo distinto. No te fíes cuando alguien te diga que esto se acabó, sea lo que sea. Se acabó para ti —le diría— yo continúo. Y es que no hay un fin si puedo seguir leyendo, sintiendo o viviendo. «Acaba tú si quieres que yo, amigo, me quedo un rato más».

Tan sólo espero que, entre página y página, tu café ya se haya enfriado y des ese último trago sintiendo ganas de más.

Si es así, yo te lo preparo.

Hasta pronto.

ISAAC PACHÓN

Isaac Pachón Zamora (Badalona, 1978). Escritor de relatos y artículos para diversas publicaciones en formato papel y digital. A destacar su participación en antologías narrativas tales como Cuentamínate (Ed. Hijos del Hule, 2012), Relato Breve 2.0 (Ed. Imprimátur, 2012) y Porciones creativas: Pluma, tinta y papel (Ed. Diversidad Literaria, 2012). Ganador del Premio de Relatos Revista Entropía (Ed. Entropía, 2013) con el relato Bellini, que podéis leer entre las páginas de este libro. Coautor del libro Bárbara, Celia, Mariona y otros cuentos de Barcelona (Autoedición, 2014). En la actualidad, escribiendo.

Para más información podéis visitar la web: *www.isaacpachon.blogspot.com*

www.ingramcontent.com/pod-product-compliance
Lightning Source LLC
Chambersburg PA
CBHW020117180626

46812CB00006B/2637